R. J. MENDES

O INCENDIÁRIO

COPYRIGHT© by Editora Skull 2020
COPYRIGHT© 2020 -

Nenhuma parte dest e livro poderá ser reproduzida ou transmitida, sejam quais forem os meios empregados: eletrônicos, mecânicos, fotográfi cos, gravação, ou quaisquer outros, sem autorização prévia, por escrito, da editora. Esta é uma obra de ficção.

Editor Chefe: Fernando Luiz
Produção Editorial: Editora Skull
Arte de Capa:
Revisão: Maycon Silva Aguiar
Diagramação Cris Spezzaferro

Dados Internacionais de Catalogação na Publicação (CIP)
(Ficha catalográfica feita pela Editora.)

Mendes, R.J
O incendiário | R.J. Mendes 1ª Ed - São Paulo/SP, 2020 Editora Skul
231páginas
ISBN: 978-65-86022-32-2
1 - Literatura Brasileira 2. Fantasia 3 . Título

EDITORA SKULL

Todos os direitos reservados, incluindo os direitos de reprodução integral ou em qualquer forma.
Caixa Postal: 97341 - Cep: 00201-971
Jardim Brasil – São Paulo SP
Tel: (11)95885-3264
www.skulleditora.com.br

I

UMA CHUVA PESADA cai lá fora. O frio está presente no ambiente. Escuto a água chicotear as janelas da sala. A campainha toca. Quem será a esta hora da noite? Não esperamos visitas hoje.

Minha mãe grita da cozinha, pedindo para que a minha irmã, Helena, atenda à porta. Ela se levanta do sofá e vai atender. Helena é gêmea de Renato. Meus irmãos são dois adolescentes de 15 anos, dois anos mais novos do que eu. Somos todos loiros dos olhos azuis. Puxamos o aspecto físico de nossa mãe. Nosso pai fez uma viagem quando eu tinha cinco anos e nunca mais voltou. Fiquei muito triste e, às vezes, sinto falta dele. Se não fosse por algumas fotos, eu não lembraria do rosto dele. Nossa mãe não se casou e não teve namorados. Isso faz 13 anos. Acreditamos que ele esteja vivo, mas nunca tivemos essa confirmação.

— Mas quem será a essa hora? — pergunto.

— Boa pergunta! — fala meu irmão, que aparece na sala e se joga no sofá para assistir à tv.

Nossa mãe está preparando o nosso jantar, e, como estamos com preguiça, ficamos na frente da lareira e da televisão, enquanto esperamos ficar pronto. Estou lendo alguns livros para a prova que tenho segunda-feira na universidade, mas não sei se passarei na prova; provavelmente, pegarei uma DP.

A campainha toca novamente, Helena abre a porta, e uma faca de cozinha atravessa sua barriga. Helena dá um grito abafado, a faca sai da sua barriga e entra novamente. Esse movimento se repete inúmeras vezes. Minha mãe aparece na porta da cozinha e solta um grito, desesperada. Seu olhar para mim revela que conhece o assassino.

— Daniel, Renato, fujam!

— O que você fez? — grita Renato para o homem cabeludo que está na porta. Sua feição mostra grandes olhos negros cravados em um rosto abatido pelo tempo e um cabelo longo, preto e volumoso. Suas roupas são pretas, e o sangue de Helena escorre por sua jaqueta jeans. Helena está morta no carpete encharcado de sangue. O homem tira uma arma da cintura e dispara três vezes no peito de Renato. Estou paralisado ao lado da lareira, observando tudo.

— Você pensou que eu não acharia você, Ana? — o homem tem uma voz totalmente calma e pesada. — Quero a minha aura do fogo de volta!

— Não! — minha mãe pega uma faca e aponta para o homem. — Você devia estar morto.

— Não morri e ainda consigo controlar o fogo! — o homem acende um isqueiro e puxa o fogo dele, criando um círculo no ar, e, depois, coloca-o em volta de minha mãe. — A aura foi partida, e vim fundi-la novamente.

O homem sai da porta e vem, a passos calmos, em direção à minha mãe, encarando-a com aqueles olhos fundos. Em silêncio, eu pego um espeto dos objetos da lareira e, rapidamente, cravo-o em suas costas. Ele dá um grito de dor e se vira em minha direção, presenteando-me com um soco no rosto. Meu nariz começa a sangrar.

— Filho da mãe! — ele retira o espeto de suas costas, e consigo ver a ferida, aos poucos, ser fechada. — Cuidarei de você também, jovem. Devolva-me a minha aura, Ana, ou irei torturá-la até o fim dos seus dias.

— Não vou devolver! Você destruiria o equilíbrio, e eu não confio em você para tomar o posto do José, Focus.

Focus é o nome do ser, e essa história está mais cabeluda do que a cabeça oleosa desse homem. Não estou gostando disso.

— Eu fui escolhido. Você não tinha nenhum direito de tirá-la de mim. Procurei você por anos e, agora, recuperarei o que é meu por direito.

— Eu tinha todo o direito de retirá-la de você. Foi pelo bem de todos!

— Ridícula! — Focus incendeia mais o chão em volta de minha mãe, e a sala é tomada pelo fogo.

— Você não conseguirá nada, Focus!

— Você vai morrer, Ana.

Parto para cima do homem com meu coração acelerado, tomado pela adrenalina. Meus irmãos estão mortos, e esse homem não matará a minha mãe. Ele me segura pelo pescoço, e sua mão começa a pegar fogo, mas não sinto nenhuma dor. Ele sorri para mim.

— Achamos o que você estava escondendo.

O que está escondido? O que está acontecendo? Por que não me queimei? Não estou entendendo.

— Daniel, fuja! — minha mãe grita. — Fuja!

— Olhe isso, garoto — Focus me vira de frente para a minha mãe, segurando-me pelos cabelos, e ela começa a chorar.

— Não deixe ele ter o dom novamente. — Foram essas as últimas palavras de minha mãe, e Focus a incendiou.

— Não! — exclamo, e os berros da minha mãe se confundem com o meus, até que cessam.

A lareira explode. Focus tenta me bater, mas um escudo de fogo se forma na minha frente e o impede. O que foi isso? Olho para minhas mãos, e elas estão em chamas, mas não as sinto queimar, só uma leve cócega. Vejo-as espalharem-se para meu braço e, quando fecho a mão, o fogo se intensifica. Posso controlar o fogo!

Movimento as minhas mãos, e as labaredas seguem o mesmo caminho. Focus se defende e joga as chamas para o outro lado da sala, que, rapidamente, é tomado pelas chamas. Focus corre em minha direção, e o fogo à minha frente o lança para longe. Ele bate com o corpo na parede da sala, destruindo-a. Levanto-me e intensifico o fogo em sua direção. A frente da casa está totalmente destruída e dominada pelo fogo. Focus está estirado na grama da frente da casa. Ele ergue um pouco a sua cabeça e me ameaça.

— Voltarei para te matar, Daniel — mãos cinzentas o puxam para dentro da terra. O que foi isso?

Caio exausto no chão e apago. Acordo com luzes passando rapidamente por mim. Minha visão está turva e embaçada. Correm comigo em uma maca. Sinto a máscara de oxigênio em meu rosto. Ouço algumas vozes distantes. Adormeço.

Acordo e vejo que eu estou em um quarto de hospital. Existem outros leitos no mesmo quarto em que estou. Ao lado de minha cama, Aline está sentada.

— Bom dia, Daniel — cumprimenta Aline, a família mais próxima que eu tenho. Foi ela a senhora que ajudou minha mãe a cuidar de mim e dos meus irmãos quando éramos menores, e minha mãe estava solitária na cidade. Ela é nossa vizinha de algumas casas à frente. — Meus pêsames pelo que houve com sua família.

Aquiesço, viro-me e cubro minha cabeça com o travesseiro.

— O enterro deles será hoje à tarde. Acho que você pode comparecer, e terá que ser forte nesse momento. Todos perdem alguém algum dia. A última pessoa que me falta ser tirada é meu marido, Murilo.

Estou chorando de raiva. Será que ela não tem nenhuma noção de que acabei de perder minha família? Levanto-me e pego minhas roupas da cadeira. Uma enfermeira tenta impedir-me, e a empurro, bravo.

— Eu vou ao banheiro. Me deixa ir! — puxo meus braços de suas mãos e vou ao banheiro, que fica no fundo do corredor.

Coloco minhas roupas e lavo meu rosto. Encaro-me no espelho sujo do banheiro e me pergunto sobre o que houve lá em casa. Quem é esse homem chamado Focus? Como posso controlar o fogo?

Fico me olhando, e não passa nenhuma resposta para minhas perguntas em minha mente. Saio do banheiro, e, do lado de fora, está Aline, aguardando-me.

— Vamos — ela fala, e eu a sigo em silêncio.

II

TRÊS CAIXÕES E muitas flores: isso é o que eu lembro do enterro da minha família. A dor, o sofrimento, a paralisação, os pensamentos a mil. Perdi minha mãe, que sempre esteve comigo, apoiando-me, brigando quando fazia coisas erradas, incentivando-me quando coisas boas aconteciam. Lembro-me dos seus cabelos loures, do seu olhar carinhoso, que eu conseguia ver se a encarasse rapidamente. Sinto falta dos seus abraços e até dos sermões. Ela me ajudaria nesta hora, mas está morta, junto com meus irmãos, aquele casal de loucos. Sinto falta das brigas, das comidas roubadas, dos tabefes, das horas em que nos tornávamos melhores amigos e nos apoiávamos. Mas estão todos mortos. Por quê?

Mas essa última surpresa mudou todos os meus pensamentos e a minha vida. O homem que os matou falou sobre a aura do fogo, que está presa em mim, e eu não tinha ideia disso há dois dias. Sinto sua falta, mãe. Você devia ter me contado sobre isso.

Abracei pessoas que nunca tinha visto na vida. A tristeza me dominou. Não sei mais o que fazer nem como agir. Não quero voltar para minha casa, não quero ficar sozinho, quero morrer junto com eles, quero sumir daqui.

Não aguento as pessoas falando que sentem muito, pois elas não sentem, não sabem o que estou passando por dentro. Perder as pessoas que foram a sua vida, que te amaram até quando você não merecia, que te apoiaram, que ficavam ao seu lado, não importando as circunstâncias, faz seu mundo desmoronar.

Ver a sua família ser enterrada é uma das piores dores que se pode sentir. Todos já foram embora, e continuo sozinho, encarando os túmulos. Caio de joelhos e choro. Encosto-me ao túmulo de minha mãe e, por exaustão, adormeço na grama do cemitério.

III

Estamos todos jantando à mesa da cozinha, rindo. Minha mãe e meus irmãos estão aqui. Nossa, tive um pesadelo louco! Achei que foram mortos por um homem cabeludo chamado Focus. Minha família começa a pegar fogo. Não, não, não!

— Daniel, acorde — escuto alguém chamar. — Daniel!

Alguém começa a chacoalhar meu corpo. Levanto-me rapidamente e caio pela tontura. Olho, e é Henrique.

— Oi, Henrique — apoio-me na grama molhada. Olho para o lado, vejo os túmulos da minha família, e uma sombra de tristeza me atinge. A lua está brilhando muito no céu estrelado.

— O que você está fazendo aqui, Daniel?

— Que horas s-s-são? —bocejo.

— Quatro da manhã. — Henrique informa, estendendo-me a mão. Agarro-a, e ele me puxa para um abraço. — Amo você, meu amigo. Não importa o que aconteça, estarei aqui com você!

Henrique é o meu melhor amigo desde a infância. Quando éramos crianças, estudamos juntos; mais tarde, entramos para a mesma faculdade. Fazemos o curso de História na Universidade de Licenciatura de São Paulo, que é específica para quem quer seguir a carreira de professor. É uma grande universidade, uma das maiores do estado. Agora, ele está passando por um momento muito difícil. Descobriu que tem câncer. Leucemia.

Ele se recusou a fazer o tratamento com quimioterapia. Em vez disso, optou por viver o resto da sua vida do jeito que poderia e despedir-se de todos. *Só quero viver o resto da minha vida. Sei que não tenho muito tempo. Só quero dar adeus a quem eu amo e deixar as minhas melhores lembranças para todos*, ele costuma dizer. Henrique vive cansado e emagreceu muito. Seus olhos perderam o brilho, e anda sempre pálido demais, exausto. Qualquer batida gera um hematoma enorme. Seu apoio neste meu momento de dor me deixa mais forte.

— Daniel, eu sei que não é o momento ideal, mas me conta o que houve.

Respiro fundo e olho para meu melhor amigo. Posso confiar nele. Então, começo a contar toda a história.

Henrique me encara, encabulado e triste, com seus grandes olhos, por trás dos óculos.

— Eu sinto muito pela morte de sua família. De certa forma, eu fazia parte dela. — Henrique vem e me dá mais um abraço apertado. — Mas esse homem chamado Focus, como isso é possível? E você controla mesmo o fogo? Que genial!

Triste, dou de ombros e pergunto.

— Como você veio para cá? Como você me encontrou? Aliás, como você entrou aqui a essa hora?

— Peguei o carro do meu pai, fui até sua casa te procurar, e não te encontrei. Rodei a cidade toda atrás de você e, como não te encontrei, imaginei que você estaria por aqui. Chegando aqui, eu só pulei o muro, já que, pelo visto, não tem nenhum guarda, porque uma pessoa dormir na frente de um túmulo não é uma coisa normal.

Lágrimas brotam nos meus olhos.

— Ei, Daniel! — Henrique me dá outro abraço.

Choro em seus braços, como uma criança chora quando se machuca e corre para sua mãe. Paro quando começo a escutar barulhos, barulhos iguais aos de alguém engatinhando.

— Vamos sair daqui, Henrique — ele concorda com a cabeça, e começamos a movimentar-nos.

— Será que são os mortos tentando nos matar? — Henrique, com suas loucuras, questiona-me.

Perto do portão do cemitério, congelamos, ao ver criaturas de formas estranhas observando-nos. Há muitas em cima do muro e perto dos túmulos. São criaturas altas, magras, de pele acinzentada, esguias, de olhos pretos esbugalhados. Todas são corcundas e fazem guinchos estranhos com a boca.

— Meu Deus do céu! — exclama Henrique, assustado. — O que são essas coisas? Mortos? Zumbis? Vampiros?

Reconheço aquelas mãos finas e grandes. Foram as mesmas que puxaram Focus para dentro da terra.

— Henrique, acho que eles estão com Focus. Essas foram as mesmas mãos que o puxaram para dentro da terra.

— Meu Deus, o que a gente faz? — Henrique está apavorado e não para de mexer em seus óculos, colocando-os no lugar com o dedo indicador todas as vezes em que caem do seu nariz.

— Preciso de fogo.

— Gente, mas são quatro da manhã! Onde você vai achar fogo?

— Não sei. Essa é a única maneira de conseguirmos escapar daqui — declaro. — Você tem um isqueiro por aí? — Henrique balança a cabeça negativamente e sugere.

— Será que uma faísca serve?

Nunca tentei, mas vamos ver no que dá — pego duas pedras do chão e começo a batê-las. Nesse momento, os bichos estranhos começam a vir em nossa direção.

— Deixa isso comigo, Daniel. Tente defender a gente. Quando eu conseguir a faísca, eu te aviso.

Pego algumas pedras e as acerto em algumas criaturas cinzentas, mas não as machuco muito. A primeira pula em cima de mim e começa a bater em meu rosto. As outras começam a fazer o mesmo com meu corpo, rasgando as minhas roupas e a minha carne.

— Daniel!

Puxo a primeira faísca que vejo cortando o ar e pressiono minhas mãos. Uma chama começa a formar-se. Jogo-a nas criaturas. Quanto mais o fogo se espalha, mais eu o aumento e vou queimando todas as criaturas à vista.

— Vamos para o carro, Henrique! — corremos, e mais criaturas aparecem. — Rápido!

As feridas do meu corpo começam a fechar-se. Henrique aponta para o corte em meu braço, e o observamos curar-se rapidamente.

— Que irado! — Henrique exclama. — Mantenha um pouco dessa chama em sua mão até chegarmos no carro.

Mais e mais criaturas surgem. Ajudo Henrique a pular o muro e incendeio muitas outras. Entramos no carro, e as criaturas começam a rodear-nos. Pulam em cima do carro, amassam a lataria.

— Acelera! — grito.

Henrique dá partida no carro, atropelando esses seres cinzentos estranhos. Pelo espelho, vemos que param a perseguição.

— Que loucura foi isso? — Henrique bradou, encostando a testa no volante.

— Pois é!

O resto do caminho foi tranquilo, e não encontramos nenhuma pessoa ou qualquer criatura.

— Quer dormir lá em casa hoje, Daniel?

— Não precisa.

— Vamos, por favor. Estou fraco para dirigir e não sei se aguento chegar em casa.

Penso por um instante e aceito.

— Vai ser bom passar a noite com um amigo, Daniel.

Sorrimos e, pelo resto do caminho, falamos sobre como eu poderia usar o dom de manipular o fogo.

— Você pode cozinhar suas refeições mais rápido, se secar no banho instantaneamente, acender cigarros, parar incêndios... Você até podia virar bombeiro!

Reviro os olhos para as ideias de Henrique.

— Ou eu poderia queimar a cidade — afirmo, ironicamente.

— Nossa, Daniel, só não se torne vilão.

Rimos e entramos na garagem da casa de Henrique. Caio no colchão ao lado da cama dele e apago instantaneamente, sem nenhum pesadelo.

IV

Acordo, e Henrique ainda está dormindo. Levanto-me, vou ao banheiro, lavo meu rosto e, antes de ir para a minha casa, deixo um bilhete para Henrique, agradecendo-lhe a companhia. Um vazio domina o meu peito, a saudade aperta, e choro no banho. Que vazio horrível estou sentindo sem meus irmãos, sem a minha mãe! Não quero voltar para aquele lugar em que aquele miserável assassinou a minha família. Vou vingar-me de tudo isso, Focus.

Levo pouco mais de meia hora de caminhada até a minha casa e, quando chego lá, deparo-me com um carro de polícia parado na frente dela. Aline está conversando com o policial e, quando me vê, acena com a mão. Dou um "oi" para ela, e ela vai para a sua casa.

Não sei o que direi para eles, não pensei nisso. Eles vão querer saber como minha família morreu. Se eu disser que um homem louco e imenso chegou aqui e a matou, ninguém vai acreditar. Sequer posso mencionar que sou capaz de controlar o fogo. Vão pensar que estou louco e querer me internar.

— Bom dia — o policial me cumprimenta. — Você é o Daniel Linhares?

— Sim, sou eu — respondo.

— Sei que está passando um por momento de luto, mas preciso que me acompanhe até a delegacia. O delegado Carlos quer ter uma conversa com você — o policial tinha um bom semblante e me passava calma.

Concordo e entro na viatura. No caminho, minha cabeça está a mil, e não encontro nenhuma resposta suficientemente criativa para inventar sobre o ocorrido. Chegando à delegacia, sou conduzido até uma sala reservada e me sento em uma cadeira de frente para a mesa. O policial me deixa sozinho. A sala é fria, e várias fotos de crianças dominam a mesa. Filhos do delegado, talvez? Uma menina e um menino. A sala tem um ar pesado, como se várias pessoas já tivessem morrido no local. Olha que conheço esse ar!

Um homem ruivo e forte entra na sala e se apresenta.

— Sou o delegado Neves, Carlos Neves — ele possui um imenso bigode ruivo e dentes tortos. Então, iniciou o interrogatório:

— Como sua mãe e seus irmãos morreram, jovem? Por que a frente da sua casa estava destruída? Onde estão as armas do crime? Por que você estava desmaiado na frente da sua casa? Conte-me toda a história.

Respiro fundo, analisando todas as perguntas. Ele me encara com seus olhos verdes, esperando uma resposta. Abre seu casaco, tira um cigarro de dentro dele e o acende com um isqueiro. Fogo, eu poderia queimar tudo aqui e fugir.

— Precisa de ajuda para falar, jovem? — ele me pergunta, sério. — Você usa algum tipo de droga?

Nego com a cabeça e começo a falar.

— Minha mãe e meus irmãos foram mortos por um assassino. Ele chegou na minha casa e matou, primeiro, a minha irmã; depois, o meu irmão; e, por último, minha mãe.

Ele franze a testa.

— E como ele era?

— Grande e cabeludo. Tinha um ar demoníaco.

O delegado solta uma risada.

— Sua irmã foi morta com diversas facadas; seu irmão, com tiros; e sua mãe, queimada. Onde estava você?

— Eu estava lá. Eu vi tudo, mas foi tão rápido, que não tive como reagir.

— Você foi o covarde que desmaiou — seus olhos brilham de ódio. — Ou você foi o próprio criminoso.

Essa frase foi como um soco no meu estômago.

— Me explica, como a frente de sua casa explodiu?

— A lareira explodiu.

— Ah, claro, explodiu do nada, bem no dia em que ocorre um assassinato. Você acha que sou idiota? Essa história está muito mal contada, e eu vou descobrir cada detalhe dela.

Abaixo a cabeça. O que posso dizer?

— Você sabe que pode responder por homicídio e por colocar a vida de muitas outras pessoas em risco.

— Mas não fui eu que fiz tudo isso — irrito-me. O cigarro do delegado queima rapidamente.

— Mas o que foi isso? — ele se assusta, pressionando os dedos no local em que o cigarro queimou sua boca. — Vou deixar você ir, jovem. Vamos ficar de olho em você, até termos mais informações sobre tudo isso.

Levanto-me para sair, e, quando estou abrindo a porta, ele fala.

— Vou descobrir a verdade, custe o que custar. E, se você estiver mentindo para mim, você vai se encrencar muito — ele aponta o dedo para mim. — Você é o principal suspeito disso tudo.

Estou mentindo e já estou encrencado. Saio da sala e vou para casa, ficar em meu silêncio.

V

No quintal da minha casa, preparo um pequeno centro de treinamento caseiro, aproveitando que os muros, todos altos, protegem-me de quaisquer chances de alguém ver-me controlar o fogo. Arrumo objetos para queimar, algumas cadeiras e móveis que foram destruídos no incêndio da minha sala. Acendo uma vela e a coloco em uma mesa distante. Vamos ver o que consigo fazer com meu dom.

Como uma fagulha que cai na palha, consumindo-a, minha vida normal foi tirada de mim, sem demora e sem explicações. Puxo uma pequena chama e começo a queimar tudo. Aumentando o fogo e fazendo-o parar, diminuo a intensidade e o controlo totalmente.

Não sei se sinto raiva ou tristeza. As pessoas que eu mais amava foram tiradas de mim. Vou atrás do tal Focus e do meu pai. Vou achar o meu pai.

O meu quintal arde em chamas.

Consigo começar o fogo rapidamente, a partir de uma fonte, mas, para pará-lo, demoro um pouco mais, pois tem vida própria, consome tudo o que fica à sua frente. O fogo não causa nenhum dano à minha pele, não a queima, não a machuca. É como se eu vestisse uma roupa invisível. O fogo corre das minhas mãos para tudo o que toco e incendeia cada objeto. Não consigo criar o fogo, apenas comandá-lo. Focus, você quer guerra? Você terá! Posso me autodenominar o Incendiário. Aquele que começa incêndios.

VI

A BIBLIOTECA É o único lugar no mundo em que me sinto a salvo e seguro, em meio aos livros, que me tiram deste mundo e me levam para outro. Não que eu não goste deste, mas acontece que, no mundo dos livros, nenhum problema é meu, nada me machuca, tudo me fascina e me deixa alegre, dando-me alguma esperança. Nada é real, mas tudo é sentido.

Passo horas e horas andando pelos corredores, analisando livros, lendo, arrumando, emprestando, rotulando, limpando, organizando. Nada me cansa aqui. A biblioteca fica perto do centro da cidade. É uma casa grande de madeira. Poucas pessoas vêm para cá. As que vêm aqui sabem o que querem e saem com alguma coisa.

O dono é o senhor Rogério, um quarentão apaixonado por livros que dedicou toda a sua vida à sua biblioteca. Escreveu alguns livros de sucesso, mas, agora, passa mais tempo viajando do que cuidando da biblioteca, deixando-a para que eu e outros dois funcionários tomemos conta: Pedro, o bibliotecário, que está de férias; e George, o segurança, que costuma vagar pelo lado de fora. Amo trabalhar aqui.

VII

Algumas semanas passaram, e estou mais conformado com o fato de não ter mais uma família. O delegado fez mais algumas perguntas, embora nada tenha sido decidido. Sempre o percebo espionando-me. A seguradora resolveu consertar a casa, porém, se for provado que sou culpado, serei processado. Focus não me atormentou mais, e aqueles bichos estranhos sumiram. Tudo parece um sonho, algo que minha mente inventou para lidar com o trauma.

Voltei para as minhas aulas e para o meu trabalho. Henrique não está indo direito à faculdade por causa do câncer. *Não vou perder o resto da minha vida numa sala de aula*, ele costumava dizer. *Vou continuar em algumas aulas para falar com você e com alguns amigos, mas não vou mais me dedicar a isso.*

— Você continua nas aulas de violino? — pergunto-lhe.

— Sim, vou continuar até meu braço não conseguir levantar o violino.

Sorrio e concordo com a cabeça.

— E você, Daniel, tem treinado seu dom?

Faço o gesto de mais ou menos com a mão.

— Tenho medo de botar fogo em algum lugar.

Henrique ri.

— Hoje, acho que vou assistir à primeira aula com você.

Entramos na sala de aula, e o professor olha para Henrique.

— Tá fazendo História ou Turismo, Henrique?

— Os dois, professor. A história da minha vida, visitando todo o mundo.

Ele ri e o manda sentar-se. Quando nos sentamos um ao lado do outro, ele balança a cabeça negativamente. Olho para Henrique e vejo que está morrendo lentamente — mais uma morte daqui a um tempo. Recuperando-me de três, e me aparece mais uma. Pelo menos, meu pai está vivo em algum lugar deste mundo, e vou encontrá-lo.

Assistimos a todas as aulas da noite, o que as tornou agradáveis e divertidas. Beatriz, a nossa amiga que fazia trabalhos da faculdade conosco, estava contando as suas histórias engraçadas e descrevia, também, as viagens que faz com os pais. Beatriz é uma moça bonita, morena, de cabelo *Chanel*. Sempre está conosco pelos corredores, ainda que, por vezes, seja um pouco chata.

— E quando vocês dois vão assumir o namoro? — ela implica conosco, rindo.

— Ah, não encha o saco, Beatriz! — Henrique diz, rindo, e eu falo.

— Que ideia! Só porque você quer namorar a Leslia, fala que nós namoramos.

Leslia é a menina mais feia da universidade, a mais feia mesmo. Beatriz faz uma cara de assustada e bate com o caderno em minha cabeça.

— Ah, fica quieto, Daniel. Coisa de babaca soltar esse tipo de idiotices. Tenham bom senso, seus panacas de quinta.

Sorrio e, quando olho para a janela, congelo.

Aqueles bichos estranhos estão em cima das árvores que ficam ao lado das janelas da sala de aula.

— O que foi? — Beatriz pergunta e, antes que ela olhe, Henrique a puxa e começa a falar coisas bem aleatórias.

O sinal finalmente soa, e faço um aviso para Henrique.

— Precisamos sair daqui agora!

Quando estamos deixando a sala, o professor Marcelo, de História Antiga, prende-nos e fala:

— Tenho que passar as suas notas, Daniel.

— Não pode ser em outra hora, professor?

— Não.

Concordamos, e o professor informa a minha nota. Ótimo, todas as notas estão acima da média. Ele poderia colocar as notas no sistema. Para que nos prender nesta sala?

Disparamos pelo corredor afora. A universidade está vazia, e noto que ficamos meia hora na sala, trancados pelo professor. Nos corredores, ouvimos o eco de passos e rosnados. Viramos em outro corredor, e lá estão algumas criaturas estranhas curvadas na escada. Damos meia volta e entramos no elevador. Subimos para o último andar. O elevador abre e nos deixa em um corredor escuro.

— Aqui — indica Henrique, acendendo um fósforo. — Agora, você pode nos defender.

— O que você está fazendo com um fósforo?

— Eu sou prevenido, Daniel. Diferente de você, que tem um dom e não tem nada que possa fazer pra usá-lo.

— Está bem, Henrique.

— Agora, nos defenda, Daniel.

— Ou eu defendo ou ateio fogo na universidade.

Henrique nega com a cabeça, encabulado.

Andamos por corredores escuros, e uma criatura pula em cima de Henrique, derrubando-o no chão. Rapidamente, puxo o fogo, aumento sua intensidade e queimo a criatura, que solta grunhidos.

Levanto Henrique, que se mostra exausto e com machucados pelo corpo.

— Você está sangrando? — pergunto.

Ele nega com a cabeça, e o coloco sobre meus ombros. Henrique perdeu muito peso em decorrência do câncer, tornando-se muito leve.

— Por que você teve a ideia de vir para o último andar? — ele me indaga.

Antes que eu possa responder, mais criaturas começam a aparecer e quebram as janelas para entrar. Abro a porta de emergência e sigo pela escada com Henrique. Passamos o quinto andar, o quarto, e, quando chegamos ao terceiro, a porta explode, e as escadas tremem. Subo um pouco as escadas e vejo um enorme morcego.

— Um Ahool! — diz Henrique.

Um o quê? — cochicho, percebendo que o morcego gigante está com uma das asas presas na porta.

— É um morcego demoníaco gigante da ilha de Java — Henrique me informa. — Eu pensei que fosse só uma lenda, mas, pelo visto, existe.

O Ahool solta uma grande labareda pela boca.

— Eles soltam fogo?

— Não sabia disso — Henrique admite, e continuamos a descer as escadas, enquanto ouvimos mais barulhos de destruição e grunhidos.

Sinto um calor em minhas costas.

— Daniel, ele está muito perto! — Henrique grita.

Paro, viro-me, seguro o fogo do Ahool e o devolvo para ele. Mais dois Ahools aparecem, soltando fogo. Seguro o fogo e o lanço de volta. Um Ahool sobe as escadas, lançando fogo para todo lado. Não posso deixar os dois Ahools aqui. Escuto o alarme de incêndio disparar entre o barulho dos grunhidos das criaturas. Saímos no primeiro andar, e Henrique desce das minhas costas. Abrimos a janela e pulamos para fora da Universidade em chamas.

Vejo, no céu, cinco morcegos gigantes atearem fogo na universidade. Do outro lado da rua, Focus está sorrindo para mim. Encaro-o, e, no mesmo instante, um Ahool para ao lado dele, e o dois partem, juntos, para o céu.

Bombeiros e policiais chegam à universidade. Estou terminando de apagar o fogo do prédio com as mãos.

— Saia daí, Daniel! — Henrique me alerta.

Imediatamente, paro de tentar apagar o fogo e me sento num banco do outro lado da rua com Henrique. Vejo três Ahools voarem para dentro da universidade, fazendo com que continue ardendo em chamas.

VIII

Estamos sentados no banco, olhando os bombeiros apagarem o fogo. Henrique está muito cansado, e seus braços estão com hematomas muito grandes.

— Você está bem?

— Ficarei bem — ele diz e aponta para Beatriz, que está se aproximando com uma cara amarrada.

— Eu vi o que você fez, seu demônio — ela grita para mim, apontando o dedo para o meu rosto. — Eu vi.

Sua mão treme.

— Fala baixo, Beatriz! — peço.

— Eu vi! — ela grita. — Polícia, foi ele quem colocou fogo na universidade! — grita cada vez mais alto e consegue chamar a atenção para nós.

Levanto-me e encosto nela.

— Não encosta em mim, Daniel.

— Por favor, fala baixo.

Mas já é tarde demais, e alguns policiais já estão perto de nós.

— Algum problema? — um deles nos pergunta.

— Foi ele que colocou fogo na ULSP! — conta Beatriz, trêmula.

— Você tem certeza?

— Sim! — ela exclama.

Um policial fica ao meu lado, pronto para imobilizar-me, caso eu tente fugir. Henrique se levanta e fala:

— Não foi ele.

O policial olha para o lado, e Beatriz balança a cabeça. Meu professor de História Antiga chega e, com firmeza, diz ao policial:

— Não foi ele. Eu estava com ele na minha sala quando o incêndio começou.

Henrique concorda com a cabeça.

— Pode se afastar de mim? — peço ao policial.

— Todos na viatura, vamos para a delegacia — delibera o agente.

Ah, não, a delegacia de novo, não. Quando me dou conta, estamos, nós quatro, sentados em um banco, esperando pelo delegado. Carlos Neves chega, olha para mim e balança a cabeça.

— O que houve? — pergunta.

— Ele queimou a universidade. — Beatriz dispara. — Prendam ele. Ele matou pessoas, ele é o filho do coisa ruim.

O delegado dá um sorriso, satisfeito.

— Então, o jovem que queima a própria casa, agora, vai queimar a universidade?

— Não foi ele quem queimou — intercede meu professor. — Ele estava comigo quando o incêndio começou.

— Comigo também — completa Henrique.

— O que você está fazendo aqui, Henrique? — ele pergunta. — Você não pode ficar vagando por aí. O que são esses hematomas?

— Bati nas paredes na hora de fugir do incêndio.

— Coincidência ou não — diz o delegado Neves para mim —, todo lugar em que você vai pega fogo, não é?

— Eu estava com ele na hora — enfatiza meu professor. — Eu já disse isso.

— Como não foi flagrante, estão todos liberados.

— Mas eu vi — Beatriz insiste mais uma vez.

— Mas seu professor disse que estava com Daniel quando o fogo começou.

— E, que eu saiba, não existem dois dele, Beatriz — Henrique conclui.

— Depois que ele colocar fogo na cidade, não reclamem! — Beatriz protesta, brava, e sai da delegacia.

Meu professor também se vai, e o delegado olha para mim.

— O que você anda aprontando? Vou descobrir.

Saímos e fomos, de táxi, diretamente para a minha casa. A casa está uma bagunça por causa da reforma. Então, acomodo Henrique no quarto do meu irmão. Não conversamos muito depois que deixamos a delegacia.

— Amanhã, quando acordar, me ligue. Só que meu celular não está funcionando direito. Pode ficar aqui em casa até a hora que quiser.

Henrique concorda com a cabeça. Deixo-o no quarto e vou para a minha cama.

Durmo e sonho com Focus e suas criaturas, com Beatriz gritando e, também, com a cidade toda ardendo em chamas.

IX

— Alô, Henrique?

— Você vem hoje?

— Vou, sim. Encontrei um maço de papel na sua casa que parece conter muitas das respostas que você procura.

— Venha logo, Henrique.

Henrique começa a tossir sem parar.

— Tudo bem com você?

— Eu estou bem, sim, Daniel. Já te encontro aí.

Henrique sempre conversa pouco ao telefone, mas, ao vivo, não para de falar. De uns tempos para cá, ele não conversa tanto, porque isso o deixa cansado na maior parte do tempo.

Hoje, faz um mês que minha mãe e meus dois irmãos morreram. Em relação a isso, estou conseguindo seguir em frente, consigo lidar melhor com a situação. Em relação aos meus pais terem passado uma aura para meu corpo, ainda estou tentando entender. Preciso encontrar meu pai e não sei por onde começar. E o Henrique, o que será que ele encontrou nesses papéis que estavam lá em casa?

O dia passa se arrastando. Os livros não estão fazendo mais o efeito de me transportar para outro lugar, e a biblioteca não está tão movimentada hoje. Está um tédio mortal isso aqui.

— Oi, Daniel. Cheguei adiantado, não?

— Ainda bem. Eu prefiro adiantado do que atrasado. Senta lá no sofá, que só faltam quinze minutos para a biblioteca fechar.

— Olá, Henrique — uma linda moça ruiva cumprimenta Henrique. Ela tem os olhos dourados mais lindos que poderiam existir. —Tudo bem com você?

— Estou bem, sim, Marina — Henrique olha para mim, e eu faço um gesto com as mãos para que ele me apresente à garota. — Marina, esse é o Daniel, meu melhor amigo.

Ela lança um olhar insignificante para mim, sorri, sem dizer nada, e entra na biblioteca.

— Uau! Que linda! — digo.

— Pois é, também acho. Mas vou te contar que ela tem mil e um problemas. — diz Henrique, encarando-me por trás dos óculos.

— Ah, e eu não tenho, por acaso? — rebato espalhafatosamente. – Mas, me diga, que problemas são esses?

— Ela tem alguns problemas com o ex.

— Ixe! — exclamo, contorcendo a boca.

— Posso continuar? — pergunta Henrique, e faço um gesto positivo.

— Ela se apaixonou por ele, e ele simplesmente a abandonou e começou a namorar outra menina. Marina fica muito triste de saber que perdeu tempo com um cara desses. Ela se sente mal por ele não ter correspondido ao amor dela da mesma forma que corresponde ao da outra.

Fico pensando nisso que Henrique acabou de me dizer.

— Ela precisa de um cara que a ame de verdade.

— Mais ou menos isso — Henrique concorda, sorrindo para mim. — Vai lá, Daniel, conquiste ela com seu cabelão loiro.

— Mas era nisso que eu estava pensando, amigo — bato na cabeça dele com uma revista. — Antes disso, onde estão os papéis que você achou?

— Estão aqui, na minha mochila. Vai logo atrás dela. Os papéis podem esperar um pouco.

— Ou podemos esperar até outra pessoa que eu ame morra — Henrique fecha a cara num tom triste.

— Relaxe, amigo, todos, no final, vamos morrer — parto para as estantes, atrás de Marina, que está perdida no universo literário.

Não demoro para achar Marina encostada em uma janela, folheando um livro, no final da biblioteca.

— Precisa de alguma ajuda?

— Não, obrigada.

— Posso te ajudar a encontrar qualquer livro.

— Não, não pode.

Nossa! Ela é brava e grossa. Por que ser assim?

— Então, tá — sorrio e fico parado na frente dela.

— Sim? — ela pergunta.

— Você é muito bonita, sabia?

— E você é um babaca!

— Por quê?

— Porque seu melhor amigo vai morrer em menos de um ano, e você não o convence a fazer um tratamento contra o câncer que ele tem.

— Agora, vamos discutir a opinião que ele tem sobre a vida dele? Você acha que eu não tentei conversar com ele? Você acha que eu quero ver meu melhor amigo morrer?

Não seja babaca você! E pensar que me interessei por você! — esbravejo. Menina ridícula, mal me conhece e acha que pode julgar as coisas que eu passo com meus amigos.

— Desculpa — pede a ruiva, cabisbaixa. — É que estou nervosa por ver meu colega de classe de violino morrer.

Ah, então essa é a ruiva que Henrique me falou que estava na classe dele. Nunca tinha me interessado por suas histórias das aulas de violino. Devia ter prestado mais atenção a essas conversas.

Marina arregala os olhos. Viro-me para a direção do seu olhar, e lá está ele, encostado numa estante, esperando por nós.

— Os dois já terminaram de falar sobre mim? Daniel, você não tem que fechar a biblioteca? Marina, você não tem aula hoje? — Henrique dispara.

Marina balança a cabeça negativamente, e eu parto para fechar a biblioteca.

α

— JÁ NÃO DISSE para você não falar da minha doença? — Henrique estava irado.

— Foi sua amiga louca que começou. Não foi minha culpa — explico.

Bato o cadeado da porta, e partimos para tomar um café. Marina se mandou depois do que houve.

— Mas você gostou dela, não é? — ele pergunta.

— Nossa, já nos perdoou?

— Não.

Sorrio e pergunto onde estão os papéis que ele quer me mostrar.

— No café, eu te mostro. Parece ser uma carta.

Franzo a testa, e ele confirma com a cabeça.

— Parece ser o diário da sua mãe daquele tempo, explicando alguns pontos.

— Uma carta ou um diário?

— Ai, é quase a mesma coisa — Henrique se exaspera.

Pedimos um refrigerante grande e dois sanduíches.

— Você não devia comer algo mais saudável? — pergunto.

— Não, porque não estou de dieta.

Dou de ombros e sorrio. Henrique nunca perde o humor.

— Como você o achou? — questionei, curioso.

— Quando eu estava na sua casa, comecei a mexer nas caixas de livros, que estavam uma bagunça. Então, encontrei no meio das coisas da sua mãe.

— Fuçando nas minhas coisas, Henrique!

— Você devia me agradecer! —Henrique responde. — Você me pede para ajudar a encontrar respostas, não?

Concordo com a cabeça, e começamos a ler. O diário narra a história dos meus pais e descreve toda confusão que envolve Focus, do início até agora.

XI

Escrevo estas memórias para você, Daniel, quando, e se achá-las, para entender o que está acontecendo. Nós morávamos em Palmas, capital de Tocantins, antes de nos mudarmos para São Paulo. Vovó me apresentou a uma organização oculta, dizendo que eu era a única da família que tinha mente aberta para poder agir com essas coisas. Sempre foi um segredo dela, e ela não queria sair do clã do fogo sem deixar ninguém da família.

O clã do fogo era o que controlava o dom do fogo, como uma democracia, pois é um dos quatro elementos que regem a Terra. O dom estava nas mãos de José, mas ele estava querendo descansar e partir. Sua família tinha morrido há muito tempo, e ele se sentia sozinho. Esse dom dá vitalidade à pessoa que o possui e a cura da maioria das doenças e dos machucados, mas não a impede de morrer, se não tiver cuidado. Uma vida com o dom do fogo pode durar mais de duzentos anos, e José estava chegando lá, mas abdicou de tudo.

Uma nova votação foi feita para deliberar sobre quem ficaria com o dom, que seria passado para alguém do clã que estivesse apto a recebê-lo. A maioria dos que se candidatam é jovem, mas alguns adultos também o fazem e têm mais chances de serem escolhidos. Não me candidat*ei, pois havia entrado há pouco no clã e não seria escolhida. E, o pior de tudo, é que só homens poderiam se candidatar. Mas, mesmo assim, pensei que seria interessante controlar o fogo.*

Quem possuir o dom de fogo deve sempre ter em mãos uma fonte que o ajude a controlar o fogo. Ninguém que possuiu esse dom conseguiu criar fogo, pois, para cria-lo, é necessária uma joia que ninguém ainda encontrou.

Vovó morreu um mês depois que entrei para o clã do fogo, e todos sentiram sua falta. Meu marido, Luís, também entrou para a organização, mas não tinha vez na votação, pois, como eu, era um membro novo. Luís, um homem bonito e com cabelos loiros iguais aos meus. Nos conhecemos em uma palestra sobre Literatura Brasileira, em Tocantins, e permanecemos juntos durante anos.

Depois de muito tempo, decidindo a votação, Mariano foi eleito o novo guardião do fogo e se autodenominou Focus.

Eu tenho certeza de que, por trás dessa votação, teve muita falcatrua, pois Mariano é muito influente e tem um aspecto mau. Nunca gostei ou confiei nele. Luís e Marcelo também não gostavam dele.

Marcelo é um amigo meu de infância que tem uma mãe que cura as pessoas usando ervas medicinais. Estava no clã desde criança. E, depois de algum tempo, descobri que ela tinha o dom de usar todas as flores e plantas para criar remédios ou venenos, para curar ou matar as pessoas. Ele entrou quando completou quatorze anos de idade.

— *Sua mãe pode fazer de tudo com qualquer planta?* — *perguntei a Marcelo.*

— *Sim, ela controla as essências. Parece que herdou do pai o dom, já que era a única filha.*

— *Às vezes, me pergunto quantos dons estão espalhados pelo mundo afora.*

— Muitos, com certeza. — Marcelo respondeu.

E, então, o ritual de transferência do dom teve início.

— Focus, você deve manter o equilíbrio do fogo, nunca desfazer algo em que a natureza, por conta própria, colocou fogo, nunca tirar vida de pessoas inocentes com seu dom, nunca usá-lo para manipular e comandar os mais fracos, nunca usá-lo para fazer mal às pessoas quando estiver com raiva. Assim promete?

— Prometo. — Focus confirmou.

— Então, vamos manter o clã aberto até aprovarem sua conduta. Eu, o presidente, os conselheiros e os votantes observaremos. Depois que sua conduta for aprovada, o clã do fogo se manterá em hibernação até que algo nos faça reuni-lo novamente.

Eu era uma das votantes. Assim como meu marido, Marcelo também era um olheiro. O clã só é reaberto quando acontece alguma grande catástrofe, o guardião faz mau uso de poder, está cansado ou está morrendo.

— O equilíbrio e o dom do fogo estão em suas mãos — declarou o presidente do clã, Samuel.

O velho José leu as palavras de um livro, e uma pequena chama saiu do seu peito e entrou no peito de Focus. O processo estava concluído.

Na mesa de jantar, em casa, você e seus dois irmãos não paravam quietos. Luís está apreensivo por Focus ter ficado com o dom.

— Ele vai aprontar muito.

— Se ele aprontar, será tirado dele.

— E se ele não aceitar isso? Ele pode matar todo mundo.

— Esperemos que não faça nada de mau.

— *Vou ver os aluguéis dos meus apartamentos. Vou passá-los para você e para o nome das crianças. Se algo acontecer, vocês estarão seguros.*

— *E por que tudo isso agora?* — *perguntei, assustada, pois pensei que Luís estava agindo de maneira precipitada.*

— *Melhor prevenir do que remediar. Confie em mim, Ana.*

— *Vamos ter que sair da cidade.*

— *A maioria dos meus imóveis está em São Paulo. Não se preocupe, você pode ir para lá.*

Duas semanas se passaram sem nenhuma novidade, até que Marcelo veio jantar em nossa casa e disparou as informações para nós.

— *Focus está queimando sua antiga cidade por vingança. Já matou algumas pessoas e, para piorar, invocou criaturas para segui-lo sempre.*

— *Criaturas? Que tipo de criaturas?*

— *Sim.* — *disse Marcelo.* — *Os Flams são espíritos de almas renegadas que foram mortas de maneira hostil. Eles o seguirão, agora, para onde ele for.*

— *Mas como isso aconteceu? Ele está aliado a alguma força negra? Ele está criando um exército?* — *perguntou Luís.*

— *Está tentando dominar tudo. Algo tem que ser feito* — *eu me posicionei.*

— *Como controlar alguém com o dom do fogo e, agora, com almas e espíritos amaldiçoados como servos?*

— *E aquele livro?* — *lembrei.* — *Aquele que José usou para transferir o dom.*

— *O Livro da Vida, o que tem?*

— *Podemos usá-lo, não podemos?*

— *Se conseguirmos encontrá-lo.* — *Luís apontou.*

— Amanhã, tem uma reunião com Focus. Todo o clã foi chamado, apareçam. Ninguém falou para Focus que sabemos que ele está tramando.

— Vocês acham que vão bani-lo?

— Vão. Ele desobedeceu a todas as ordens — contou Marcelo.

Terminamos de jantar, e Marcelo se despediu de nós.

— Já passei a maioria dos imóveis para seu nome e para os das crianças. — Luís indicou.

Eu não disse nada. Ele estava muito estranho e agitado. Fomos nos deitar, e os pensamentos me fizeram demorar para dormir.

O dia amanheceu frio. Depois de tomarmos nosso café, partimos para a reunião. Nos sentamos no fundo da sala. A sala era oval, e, lá embaixo, ficava o presidente com os cinco conselheiros. Na parede da sala, ficavam os olheiros, segurando as alavancas, e os outros permaneciam sentados nas arquibancadas.

— Vou dar um jeito de roubar o livro — sussurrou Luís em meu ouvido. — Focus não chegou ainda. Duvido que venha.

— O conselho está aberto — declarou o presidente. — Esperaremos Focus. Se ele não aparecer, declararemos estado de emergência, e o clã da água nos ajudará a procurá-lo e a prendê-lo.

Várias vozes começaram a surgir em sussurros, e, depois, ouvimos uma gritaria.

— O clã da água virá em nossa ajuda?

— Onde está o outro clã?

— E a joia perdida?

— Silêncio! — gritou o presidente, e Focus entrou na sala.

— Vocês não me tomarão o dom de fogo — diz Focus, entrando soberbamente com três dos demônios.

— Você invocou os Flams! — exclamou o presidente, chocado e assustado.

— Essas criaturas estavam me esperando há tempos, e é meu direito tê-las.

— Você está envolvido com quem para invocá-las?

— Com forças muito maiores, que me tornaram gigante.

— Você desobedeceu às ordens, Focus, quebrou as leis.

— Foram só algumas coisas queimadas...

— Você estava sob observação e ainda matou um olheiro.

Focus ficou em silêncio por alguns minutos. Parecia estar relembrando a razão de ter feito tudo o que fez e nos questionou.

— Não posso me vingar de quem me fez mal? O fogo é feito disso, de raiva e de ira.

— Você está deserdado, e o dom deve ser passado para um novo guardião — ordenou o presidente do clã.

Alguns olheiros estavam posicionados nas paredes com alavancas que, quando puxadas, soltavam água e um produto que não deixava o fogo se alastrar.

Focus puxou uma caixa de fósforo e olhou para o presidente.

— Vão mesmo tomar o dom de mim?

— Vamos.

E Focus riscou um fósforo. Os olheiros puxaram as alavancas. Mais Flams entraram na sala e começaram a nos atacar. Só uma alavanca foi aberta, e Focus conseguiu começar o fogo. Houve uma tremenda confusão.

— Vou pegar o livro lá embaixo — decidiu Luís, pulando as arquibancadas. Os Flams estavam por toda parte.

Me abaixei e fui até uma alavanca, sentindo cheiro de carne queimada no ar. Levantei-me e puxei a alavanca, e um jato forte e contínuo de água saiu da parede. Abaixei-me novamente e voltei para uma das portas de saída. Marcelo me ajudou a levantar-me.

— Cadê o seu marido? — perguntou.

— Aqui. — Luís respondeu, passou correndo por nós e segurou meu braço. — Peguei o livro! Vamos!

Disparamos e entramos no carro.

— Ele virá atrás de nós — apostou Marcelo. — Nos matará pra pôr as mãos nesse livro.

— Quando ele vier, tiraremos o dom dele.

— E vamos passar para quem? — perguntou Marcelo — Não sobrou ninguém mais do clã, além de nós três.

— Todos foram queimados — disse Luís. — E, quem não foi, os Flams devoraram.

Um silêncio dominou o carro, e só escutávamos os pneus deslizerem pela rua. Luís estacionou, e eu abri o livro. Comecei a lê-lo e percebi que não era muito grande. Continha umas setenta folhas e algumas ilustrações. Era sobre a história do fogo e sobre como retirá-lo e usá-lo.

— Temos que ter o portador perto da gente e um receptor. O dom pode ser passado para qualquer pessoa de qualquer idade. Nos corações puros, o fogo se equilibra até que o portador consiga controlá-lo.

— Nossos filhos! — exclamou Luiz.

— Tá maluco?

— Não — rebateu Marcelo. — É uma boa ideia, porque, assim, Focus não conseguirá retirá-lo até que o dom se desperte. É uma boa ideia, o dom ficará salvo.

— Mas quem vamos escolher?

— Daniel — disse Luís. — Ele é o mais velho e não tem nenhum irmão gêmeo.

— Não sei. É perigoso! — eu estava com muito medo disso.

— Temos que tentar! — enfatizou Marcelo.

— Luiz, acelera! — gritei em desespero.

Pelo retrovisor, vimos vários Flams vindo em nossa direção, e os carros, lá atrás, voando pelo céu, pegando fogo.

— Me deixem aqui — pediu Marcelo. — Eu pego seu filho na escola.

— Meu filho servido de cobaia!

— Temos que tentar — Luís se defendeu.

Logo em seguida, Marcelo saiu do carro e aceleramos, sentindo o fogo logo atrás de nós. Mais à frente, vimos que a ponte estava em chamas. Nessa hora, o celular tocou e vi que era Marcelo na linha.

— Onde vamos nos encontrar? — perguntou. — Saí do carro, e não combinamos isso.

— Tem certeza disso?

— Ana, vai ser bom para todos nós.

— Nos encontramos em nossa casa, certo?

— Ok. Em meia hora, estarei lá — e desligou o telefone.

Luís fez a volta e continuou correndo com o carro pelas ruas.

— Vou dar uma grande volta, para dar tempo de Marcelo ir buscar Daniel.

— Não concordo com conceder o dom para o Daniel.

— E vamos conceder a quem? Vamos deixar onde? Não queremos deter Focus?

— Quando ele crescer, espero que entenda.

— Vai entender — concordou Luís.

Depois de uma imensa volta, conseguimos manter uma boa distância dos Flams.

— Vamos para casa — pedi. — Vamos ligar o alarme contra incêndio.

Luís concordou com a cabeça e se pôs no caminho de casa.

Chegando em casa, logo abri todas as torneiras e quebrei os encanamentos. Acendi um fósforo e cheguei perto do alarme de incêndio. Uma chuva começou a cair dentro de casa. Isso era ótimo, porque a casa precisava estar bem molhada. Marcelo entrou com você, Daniel. Seus cabelos estavam grudados no rosto. Quando chegou perto de mim, você me abraçou.

— Mamãe, o que está acontecendo? — você me perguntou, e Marcelo trouxe com um pano úmido e o pressionou em seu rosto.

— O que você está fazendo? — me assustei.

— Para ele não lembrar de nada — explicou Marcelo. — Ele vai apagar por algumas horas.

Seu corpo pequeno e úmido ficou no meu colo, e, então, fui com você para detrás do sofá.

— Ana, se prepare —Luís apareceu na porta da sala.

— Focus está chegando.

Nessa hora, abri o livro e recitei várias vezes o pequeno feitiço. Marcelo estava escondido atrás da porta com um taco nas mãos, e Luís, com um extintor comum. Alguns Flams entraram na casa e escorregaram no chão molhado, pois as torneiras quebradas ainda esguichavam água por todos os lados.

Focus entra na casa e sorri.

— Muito espertinha!

Tentou riscar um palito no fósforo na caixa, mas não acendeu.

— Vou matar você com as minhas próprias mãos.

Quando ele passou pela porta, Marcelo bateu com o taco na barriga de Focus, e Luís bateu com o extintor em sua cabeça. Mas Focus, sempre resistente e forte, não caiu com a força da batida em sua cabeça.

— Malditos! — gritou, com a cabeça sangrando, mas o corte foi logo se fechando.

— Continuem batendo nele — me desesperei.

Os dois, então, continuaram agredindo Focus. Mantive-me recitando o feitiço, e uma gritaria invadiu a sala.

— Continue — Marcelo me incentivou. — São os Flams.

Focus desmaiou, e eu continuei. Então, a mesma chama que vimos na reunião de há algumas semanas saiu do peito de Focus. Mas, de repente, ele acordou. Uma parte da chama entrou no peito dele novamente, e a sala explodiu.

Fiquei muito tonta, mas via a pequena chama flutuando à minha frente. Ouvi gritos e, então, rastejei para perto de você. Outra chama caiu em seu peito.

Luís chegou perto de mim e me puxou.

— Vamos!

Peguei você no colo e corri para os fundos da casa. A polícia e os bombeiros chegaram. Nesse momento, não mais enxerguei Focus em lugar algum. Luís estava segurando o livro.

— Isso fica comigo. — pediu.

Concordei com a cabeça e beijei a sua testa.

— O seguro vai cobrir tudo — garantiu Luís. — Se não cobrir, compramos outra casa.

Fiquei me perguntando como ele poderia pensar em bens materiais numa situação daquelas. Saí de perto dele, e Marcelo veio ao meu encontro.

— Vocês podem ficar lá em casa hoje — ofereceu Marcelo.

— Nós aceitamos.

Alguns policiais e bombeiros vieram falar conosco. Então, Luís disse que ficaria para conversar com eles, que nós poderíamos ir para a casa de Marcelo e que lá nos encontraria. Me deu um beijo, e essa foi a última vez em que o vi.

— Letícia! — Marcelo chamou quando entrou comigo, com você e com seus dois irmãos. — Ana vai ficar um tempo aqui em casa, pois a casa dela pegou fogo.

— Oi, meu amor. — disse ela, dando um beijo nele e, depois, me cumprimentando. — Eu vi no noticiário. Que tragédia! Mas vamos arrumar o quarto de hóspedes para vocês ficarem. Saibam que são bem-vindos em nossa casa.

Agradeci e subi para colocar você e seus irmãos na cama para dormir. Desci para conversar na sala e comecei a ficar preocupada com Luiz.

— Ele deve estar bem, Ana — Letícia tentou me despreocupar.

— Vou me mudar da cidade — revelei para eles.

— Nós também estávamos pensando nisso — concordou Letícia. — Por que não vamos morar na mesma cidade?

Penso na oferta e respondo:

— Quero morar mais para o sul, para fugir desta confusão.

— Nós também! — comentou Letícia, entusiasmada. — Vai ser ótimo ter amigos por perto. Marcelo está esperando o resultado do concurso, e, se ele passar, vamos morar em São Paulo.

— Ah! — exclamo. — Tinha esquecido do concurso.

— Sim, ULSP — lembra Marcelo. — Universidade de Licenciatura de São Paulo.

— Então, aceita?

— Preciso falar com o Luís antes.

As horas passaram. Jantamos, e dei uma olhada em vocês no quarto. Então, o telefone da casa de Marcelo tocou.

— É o Luís — falou Letícia. — E ele está desesperado.

— Alô! — resmunguei, apreensiva.

— Ana, você precisa fugir agora. Focus está atrás de nós, e eu estou fugindo dele neste momento. Ele não perdeu toda a capacidade de controlar o fogo, mesmo muito fraco. Fuja com as crianças, por favor. Eu entro em contato com você quando tudo ficar bem. Eu deixei muitos bens e muito dinheiro com você, então, salvem-se por favor.

E o telefone ficou mudo. Comecei a chorar, e Letícia e Marcelo vieram até mim.

— Focus está perseguindo Luís, e ele virá atrás de mim e dos meus filhos. Preciso ir agora!

Corri em direção ao quarto onde você e seus irmãos estavam dormindo. Peguei os gêmeos no colo e pedi para que Marcelo levasse você até o carro.

— Você não precisa ir agora — declarou Letícia.

— Eu tenho de ir o quanto antes, me desculpem.

— Quer que a gente vá com você? — perguntou Marcelo.

— Não, obrigada — respondi, abrindo a porta e entrando no carro. — Em São Paulo, nos falamos.

Depois de trocarmos informações e contatos, me despedi e parti com o carro para o sul. Dirigi por sete dias, com vocês três reclamando e chorando. E, enquanto isso, não recebia nenhum sinal de vida de Luís.

Passamos por muitas cidades, muitos postos de gasolina, muitas pousadas e muita comida para acalmar os meus nervos e o estresse das crianças. Cruzamos metade de Tocantins e caímos em Goiás. Ficamos dois dias em Goiânia, porque eu estava muito cansada de dirigir, e você e seus irmãos precisavam descansar um pouco. Ficamos um final de semana e aproveitamos para ir às feiras famosas realizadas em Goiânia: a Feira da Lua, aos sábados, e a Feira Hippie, aos domingos. As feiras foram incríveis, reunindo pessoas do Brasil inteiro. Realmente, poderíamos morar lá, mas ficaríamos muito próximos de Focus, e, como eu havia prometido, moraríamos perto de Marcelo, que me ajudaria com você quando descobrisse o poder que carrega.

Mais alguns dias na estrada, saímos de Goiás, entramos em Minas Gerais e, depois de um tempo, chegamos no Estado de São Paulo. Paramos em São José do Rio Preto. Os habitantes estavam em festa, porque era março, aniversário da cidade e dia de São José. Você e seus irmãos adoraram a festa e ainda ganharam um pedaço do bolo que estavam oferecendo à população. Seus irmãos brigavam por colo, mas você sempre andava ao meu lado, com uma mão na boca e a outra apontando para tudo que via.

Passamos por Catanduvas, Araraquara, Rio Claro e chegamos em São Paulo. Na cidade combinada, aluguei um pequeno apartamento e dei continuidade à minha vida. Marcelo foi aprovado no concurso da faculdade, e, depois de dois meses, ele e Letícia já estavam morando na cidade.

Eu já tinha comprado uma casa e matriculado vocês em uma escola com todo o dinheiro que Luís me deixou. Continuei gerindo as ações que Luís passou para meu nome. Fui atrás do seu paradeiro e não consegui nenhuma notícia, nada. Luís sumiu de nossas vidas como fumaça some no céu. Não sabia se ele estava morto ou vivo.

Marcelo e Letícia falaram para eu esquecer dele e seguir em frente, pois nunca saberia o que aconteceu de fato. Você e seus irmãos estavam crescendo saudáveis e fortes, e você nunca demonstrou possuir o dom de fogo. E Luís nunca mais entrou em contato.

XII

TENDO ACABADO de ler tudo isso sobre a história do passado, fico confuso e cheio de perguntas. Meu pai está vivo, sim, em algum lugar, e o dom foi tirado de Focus por conta de seus erros. Na última página do maço de papel, encontramos uma folha, já envelhecida e amassada, com quatro frases.

Uma joia perdida. Se o fogo achar.
Onde menos se espera. Seu poder aumentar

— O quê? — passo o papel para que Henrique possa ler.
— É a mesma joia que aparece na história que tua mãe contou.
— Mas o que é? Onde será que posso encontrar?
Henrique pensa por um instante e responde, como se pudesse ter encontrado as respostas para minhas perguntas.
— Eu acho que sei de alguém que pode nos ajudar com isso! — ele diz com as mãos no queixo.
— Quem?
— Marcelo. Ele é o nosso professor e amigo da sua família. Você nunca desconfiou de nada?

— NUNCA!

— Eu vou falar com ele.

— Mas você acha que ele pode nos ajudar? Ele estava tão perdido quanto a minha mãe.

E ele não me responde mais.

Depois de quase sermos expulsos do café, estamos na rua, caminhando. Já é muito tarde, e os ônibus já encerraram o tráfego. Então, acompanho Henrique até sua casa, porque não dá para deixar esse cara sozinho.

Tantos acontecimentos do passado afetam minha vida no presente. Minha mãe roubou a aura de Focus e a colocou em mim, e meu pai deve estar escondido em algum lugar do mundo, pois esse era um dos sacrifícios para eu poder ficar com a aura. Preciso encontrá-lo.

Focus estava abusando demais do seu poder, e, como minha mãe sabia disso, tomou-o dele. Não tinha direito, mas o fez mesmo assim, quando Focus dizimou o clã de fogo. E ele não perdeu totalmente seus poderes. Está, agora, mais forte, depois de anos nos procurando.

— É uma história e tanto — Henrique destaca. — Agora que estou quase morrendo, essas coisas acontecem na vida do meu amigo.

— Não sei o que fazer — confesso.

— Viva essa aventura e vá procurar seu pai — ele sugere.

— Por onde começar?

— Vamos dar um jeito.

— Agora, tenho certeza de que meu pai está vivo — falo, animado. — Focus estava fraco demais para ir atrás dele, e, certamente, meu pai se escondeu em algum lugar.

— Mas por que ele não entrou em contato com sua mãe?

— Vai ver ele não sabia por onde procurar, já que nos mudamos para bem longe.

Henrique concorda e continuamos andando. Esta noite está fria, e uma brisa chacoalha as folhas das árvores. Um grupo de quatro caras está do outro lado da rua, e, quando os rapazes nos veem, atravessam a rua. Acendo o isqueiro. Um deles tira uma arma da cintura da calça. Sorrio para Henrique, que olha, petrificado, para a arma.

— Passa o dinheiro — fala o cara que está portando a arma.

— Só um instante — preparo uma bola de fogo na minha mão e me viro. — Toma! — e a jogo no rosto dele.

— Mas que merda é essa? — grita o cara do seu lado.

E jogo chamas em suas roupas. Ele aperta o gatilho, mas erra o tiro. Incendeio a sua mão. Na mesma hora, a arma cai no chão, e os outros tiram facas das jaquetas. Eles não estão facilitando nada para mim. Não queria matá-los, mas o que posso fazer? Aumento o fogo e o lanço nos corpos deles. O que estava com a arma desmaia com queimaduras pelo corpo todo. Os outros saem correndo, pegando fogo.

— O que você fez? — Henrique me censura. — Você quase os matou queimados!

— Melhor eles mortos do que pessoas inocentes.

— Temos um novo herói na cidade! Você quase matou o cara, Daniel!

— Me poupe! A última coisa que vou ser é um herói. Tenho mais que fazer da vida do que ficar salvando as pessoas.

Henrique me olha assustado e abaixa a cabeça. Então, seguimos o nosso caminho, como se nada tivesse acontecido. Quando chegamos em frente à casa de Henrique, ele fala novamente.

— Você pode controlar o fogo, mas foi muito frio lá atrás.

Vou começar a falar, e Henrique me interrompe.

— Não precisa se explicar, eu te entendo.

Ele entra em casa, e eu vou para a minha, brincando com o fogo pelo caminho.

XIII

PENSAVAM QUE eu era louco. Uma carroça estava passando na rua em que eu e mais alguns meninos estávamos jogando bola. A carroça começou a passar, e todos se desviaram. Só eu fiquei no meio da rua, para ver o que aconteceria. Vi uma sombra negra passar pela minha frente. A carroça tombou, e os cavalos morreram. Assim também aconteceu com o meu irmão.

Todos me culparam, e meu pai, sempre violento, espancou-me. Fiquei sem conseguir andar por uns dias e perdi três dentes.

Não tive culpa do que aconteceu. Meu pai sempre me odiou porque perdeu o seu filho predileto, o filho de ouro. Mas e eu? O que era?

Eu sempre era o filho rejeitado, o filho menos amado, o sem valor. Por que nunca me deram valor? Eu nunca mereci valor? Era sempre o outro a ser mais amado em tudo. Mas, agora, não existia mais o outro.

Matei o dono da carroça e seus filhos, para saber se meus pais teriam orgulho de mim. Pensei que, assim, vingaria a minha humilhação.

Na escola, eu era o primeiro da classe, inteligentíssimo. Mas, para meu pai, não importava o que eu fizesse, nada era bom o suficiente. A cada dia em que ele me batia, eu matava um dos seus cavalos, vingando as minhas dores. Por ódio e rancor. Por ele não ver o verdadeiro valor em mim. A cada vez em que vendia um cavalo, passava o dia bebendo e, ao voltar para casa, batia em mim e na minha mãe, abusava dela. O dinheiro que meu pai ganhava vendendo os cavalos era gasto com bebidas e outras mulheres.

Fui até a casa do velho Igor, uma casa velha de madeira, que rangia como se estivesse viva. Ele era o dono da carroça. Entrei, sorrateiramente, em sua propriedade, em uma noite chuvosa, quando todos da família dormiam. Logo, não perceberam minha presença. Um gato ficaria com ciúmes do jeito que entrei silenciosamente.

Fui para o quarto do velho e passei a faca que tinha comigo em sua garganta. Senti pena por ele não ter uma mulher, para que eu pudesse fazer o mesmo com ela. Saí do quarto e, na sala, encontrei o pequeno Gustavo e o bebê Iago.

— O que você está fazendo aqui? — perguntou Gustavo.

— Seu pai queria conversar comigo.

— Não queria, não. Você o fez perder dois cavalos naquele acidente. E, nesse mesmo acidente, você também matou o seu irmão.

— Não tive culpa — afirmei.

— Teve sim, seu assassino!

Me aproximei dele. Além de inteligente, eu já era forte e enfiei a mesma faca com que matei o pai em seu pescoço.

O pequeno bebê começou a chorar. Fui até ele com as mãos sangrando e o segurei em meu colo.

— Não se preocupe — balancei Iago no meu colo, olhando Gustavo engasgar-se com o próprio sangue.

Coloquei Iago no sofá e empurrei esse mesmo sofá até a cozinha. Ele estava sorrindo, achando tudo muito divertido. Brinquei um pouco com ele e abri todo o registro do botijão de gás.

— Não vai doer nada! — disse para Iago, que deu um gritinho de felicidade.

Dirigi-me até a porta da frente, risquei um palito de fósforo e o joguei na direção da cozinha, que, instantaneamente, explodiu.

Caí de costas, mas me levantei rapidamente e voltei para a minha casa. Nem olhei para trás, para ver a casa ardendo em chamas. Tinha apenas dez anos de idade.

No outro dia, meu pai ficou feliz por aquele velho metido ter morrido e pagado pelo que tinha feito com o seu pequeno tesouro.

— Fui eu que incendiei aquela casa — falei. — Para vingar Rogério.

— Não minta para mim! — e meu pai começou a espancar-me de novo. — Não minta para mim.

Obviamente, mais cavalos morreram naquele ano.

No meu aniversário de quinze anos, ganhei um cachorrinho de presente. Depois de uma semana ouvindo meu pai xingar, dizendo para eu dar banho no cachorro, joguei-o em um poço. Tiveram que chamar o vizinho para nos ajudar a tirar o pequeno do poço de água. Eu só queria que ele tomasse um banho. Tive meu braço esquerdo quebrado por causa disso. A partir desse dia, deixei meu cabelo crescer.

Conheci uma garota chamada Bianca, que possuía cabelos encaracolados até a cintura, filha de um radialista da cidade. Ela não queria namorar comigo, porque sentia medo de que seus pais soubessem que estava com alguém pobre.

Um dia, voltando da escola, parei-a em um cruzamento e a convidei para um passeio no campo.

— Não posso, Mariano.

— Vamos, é rápido — insisti. — Eu prometo proteger você, minha princesa.

Vi seu rosto corar, e, então, ela aceitou o convite. Com o pedaço de madeira que havia escondido no caminho, golpeei-a na cabeça e comecei a gritar, enquanto continuava batendo nela.

— Tem vergonha de mim? Só por eu ser pobre? Toma isso! — a cada vez em que eu batia em sua cabeça, mais sentia que afundava. Carreguei-a floresta adentro e tive minha primeira relação de amor. Demoraram quatro dias para encontrarem seu corpo no meio dos arbustos.

Minha segunda namorada, eu tive aos dezesseis anos. Bruna, uma pequena pérola de olhos verdes e cabelos pretos. Namoramos por algum tempo, até eu descobrir que ela me traía com outro menino da minha turma. Convidei Bruna e Maurício para sair. Quando se viram, ficaram sem jeito. Insisti que fôssemos dar uma volta no carro de Maurício. Saímos da cidade e, certa hora, paramos para descansar numa casinha de madeira em cima de uma árvore. Contando com a ajuda do meu amigo Bento, que chegou e deu uma pancada na cabeça de Maurício, amordaçamos Bruna, que não parava de gritar, e ateei fogo nos dois.

— Isso foi certo? — perguntou Bento.

— Foi — respondi.

— Eu não acho! — disse com a voz fraca.

— Vai chorar?

— Eu vou te denunciar — declarou Bento, chorando e olhando para a casa na árvore pegar fogo.

Peguei a pistola que roubei da gaveta do meu pai e dei uma bala na testa de Bento.

— Larga mão de ser maricas!

Cheguei em casa, e meu pai estava louco, revirando as coisas, jogando a televisão na parede e destruindo os enfeites que minha mãe amava deixar na estante.

— Cadê a minha arma, desgraçada? — gritava meu pai, puxando os cabelos da minha mãe e golpeando seu rosto com socos.

— Está comigo — informei, sentindo toda raiva do mundo brotar dentro de mim. — Cansei de ver você maltratar minha mãe.

— E vai fazer o que, fedelho?

— Quantos cavalos você ainda tem?

— Foi você, seu filho da mãe! — esbravejou, com os olhos, que me devoravam, explodindo de raiva.

— Vai fazer o quê?

Ele jogou minha mãe no chão, deu-lhe um pontapé e pegou um pé de cabra embaixo do sofá. Empunhei a arma, apontei para a cabeça dele e, na mesma hora, esvaziei o pente em sua cabeça. Minha mãe deu um grito seco, e, quando olhei, percebi que estava coberta de sangue.

Depois da morte do meu pai, seus irmãos quiseram o dinheiro dos cavalos e não permitiram que minha mãe ficasse com a herança de seu falecido marido.

— Mas eu vou cuidar dos cavalos. — eu falava para eles.

— Você não é filho dele! — cuspiu o irmão mais velho do meu pai.

— Ela é uma vagabunda, você deve ser filho do vizinho! — afirmou Pedro, o irmão mais novo.

E Tom, Marconi e Diego, os outros, riam e concordavam.

Minha mãe me mandou para a casa da minha vó materna, mesmo eu sendo contra isso.

— Por favor, lá você vai ter uma vida melhor — e nunca mais a vi.

A última notícia que soube dela foi que os irmãos do meu pai a mataram e roubaram tudo o que tinha. Vingar-me-ei de cada um que fez isso com a minha mãe e matarei essa família maldita!

Minha avó me tratou muito bem e pagou por tudo o que eu sempre quis. Ela era igual à minha mãe, sem nenhum carinho ou demonstração de afeto. Sempre mantive o gosto de vingança na minha alma, não poderia desperdiçar qualquer chance que aparecesse de me vingar.

Cursei Direito na Universidade de Direito e Medicina de Tocantins, a melhor faculdade do Brasil na época. Formei-me, mas, quando completei vinte e oito anos, conheci um clã que eu jurava que existir apenas na fantasia: o clã do fogo.

Se eu estivesse apto a conseguir o poder, eu o dominaria. Tinha que dar o meu melhor e fazer com que esse melhor aparecesse para todos do clã. Essa era a minha chance de vingar a morte da minha mãe.

Fui amigo de todos, ganhei notoriedade, e o velho José já estava passando o poder. Humanos conseguiram retirar o dom de fogo de Pompéia; agora, usam-no como objeto e o transferem a portadores humanos. Ninguém consegue criá-lo, mas apenas controlá-lo. No entanto, existe uma joia que permite conjurar o fogo. Explicaram-me as regras, e, obviamente, concordei com todas, conseguindo o poder do fogo.

A primeira coisa que fiz foi uma exibição para mim mesmo em minha casa, atacando tudo, queimando tudo. Depois, fui atrás dos irmãos do meu pai, para fazê-los sentir o gosto amargo que eu estava guardando em minha boca por todo esse tempo.

O primeiro foi Tom, o que enganou minha mãe. Continuava morando em sua fazenda e tinha quatro filhas.

Cheguei à sua casa e bati palmas na frente. Ele me recebeu e me reconheceu depois de poucas palavras. Pude ver o medo em seus olhos.

— Saia daqui! — ele gritou comigo, na porta da fazenda.

Eu apenas sorria para ele, quando sua mulher chegou na janela. No mesmo instante, Tom gritou para que ela entrasse com as filhas e ficasse no quarto. O lampião que ficava preso na entrada da casa explodiu em chamas, e, com a minha mão pegando fogo, grudei-a em seu rosto, até a pele derreter, até a cabeça afundar com o calor das minhas mãos.

Em questão de minutos, joguei labaredas na parede da casa de madeira. Sua mulher gritava por misericórdia dentro da casa, pois ela tinha filhas. Misericórdia? O marido dela não a teve, embora minha mãe também tivesse um filho. Seus gritos foram abafados pelo telhado, que despencou sobre a casa em chamas. O primeiro já está morto, e sua família o acompanhou.

O segundo foi Marconi, o que deu a ideia do plano de nos roubarem. Havia mais de mil cabeças de gado em sua propriedade, mas nenhuma delas sobreviveu à noite em que cheguei e incendiei tudo.

— Você vai pagar pelo que fez à minha mãe.

— Ela mereceu! — Marconi se justificou. — Aquela desgraçada enganou nosso irmão.

Observei-o correr, em chamas, pelo campo onde seu gado estava morto e cair em cima dos cadáveres. Faltam mais dois irmãos.

Diego, o irmão mais velho, tinha morrido, mas sua mulher e seus dois filhos moravam em uma casa perto de Palmas.

— Não tenho culpa pelo que ele fez! — suplicava Telma, a viúva de Diego.

Eu jurei que me vingaria deles e de suas famílias. Se não os matasse, seria fraco e infiel ao cumprimento de minha promessa. Então, a casa e os quatro quarteirões adjacentes arderam em chamas.

Os olheiros do clã estavam no meu pé. Já havia quebrado todas as regras, mas ainda faltava um irmão para meu serviço de vingança terminar. Só precisava acabar com um para ter motivos para sorrir novamente. Para ter um mundo melhor, preciso eliminar todas as pessoas que me fizeram mal.

— Você precisa parar — avisou Cláudio, um dos sete olheiros. — Você tem que ir à reunião de daqui a três dias.

— Eu vou e vou explicar a razão disso tudo!

— Você está detido por não cumprir as regras — afirmou Cláudio.

— Isso é sério?

— Sim. E você deve vir comigo — falou. — Vão tirar seu poder e passar para algum adolescente. Não querem mais adultos controlando o fogo.

Uma criança controlando o fogo? O que saberá dele? O projeto de gente que receber o dom fará mais burrices do que qualquer um. Não perderei meu poder para um adolescente qualquer.

— Não. Eu não vou! — risquei meu fósforo. Os olhos de Cláudio se abriram, assustados, e, depois, pegaram fogo.

Pedro foi quem jogou o corpo de minha mãe no rio. Procurei-o por dois dias e descobri que estava na prisão, pois cometeu quarenta e sete assaltos e outros crimes, como estupros e homicídios. Era traficante e viciado em drogas.

Cheguei à prisão, e ele não estava mais lá. Disseram que havia sido transferido para outra prisão a três cidades de distância; contudo, Pedro conseguiu fugir do carro da polícia no trajeto. Mas isso não me faria perdê-lo ou desistir de matá-lo.

Li muito sobre eles e agora é a hora certa de invocá-los. Só quem permitir-se ser mal, destruir e vingar-se poderá invocar demônios. Só com muitas mortes e trevas essas criaturas podem ser invocadas. Eu pensava que tudo isso não passava de uma lenda, mas desejava tais criaturas perto de mim.

Vozes estranhas passaram pela minha cabeça. Enxerguei vultos e uma sombra, a mesma sombra que vi no decorrer de minha vida. Quase a sombra da morte, era a capa da morte deslizando sobre os meus ombros. Nesse momento, ardi em chamas, e o chão começou a ficar quente. Senti meu coração podre pulsar, senti o mal dentro de mim. Lembrei-me de todas as mortes, das torturas, dos choros, dos espancamentos e me senti bem com isso.

Mãos cinzentas e magras começaram a sair do chão, e criaturas de olhos negros e corcundas vieram em minha direção, mostrando os dentes para mim. Criaturas cinzentas e esguias. Várias criaturas cinzentas surgiram à minha volta. São chamadas de Flams.

Pulam umas sobre as outras, vêm cheirar-me e se afastam, abaixando a cabeça.

— Encontrem o Pedro para mim, aquele que matou a minha mãe.

E, então, vários Flams saíram em todas as direções. Andei um pouco pela estrada e observei aquelas criaturas horrendas que estavam sob meu comando. Senti o gelo em minhas costas e, ao mesmo tempo, o fogo arder dentro do meu peito. O chão começou a tremer, asas negras brotaram da terra, gritos de agonia dominaram o ambiente. Um grande morcego saiu voando do chão, soltando baforadas de sangue.

A terra paria Ahools, morcegos negros da ilha de Java. Flams se reuniram à minha volta. Um Ahool pousou, e subi nele para voarmos atrás de Pedro. O morcego soltava labaredas de fogo para todos os lados. Lá embaixo, vi um carro quebrado, e muitos Flams o cercavam. Próximo ao chão, saltei do Ahool. Dentro do carro, havia um homem com uma expressão assustada. Sorri ao ver que Pedro estava em minhas mãos.

— Fizeram um bom trabalho! — falo para os Flams.

Arranquei a porta com uma puxada. Tornei-me mais forte do que era antes. Puxei o homem para fora, e, instantaneamente, ele me reconheceu.

— Mariano... — disse, olhando dentro dos meus olhos.

— Pedro, ainda me reconhece? Eu não esqueci o que você fez com a minha mãe!

— Não foi culpa minha! — continuou.

— Você a matou.

— Não fui eu — defendeu-se, e eu sorri. — Foram os meus irmãos que a mataram, eu apenas olhei.

— E você foi para a prisão por engano?

— Mal-entendidos — ele respondeu, torcendo a boca.

Soltei um murro em sua boca. Pedro cuspiu o sangue em minha cara. Ele tirou a arma de trás de sua calça e atirou contra mim. As balas entraram no meu peito, e senti uma dor imensa. Ele esvaziou a sua munição. Vejo o meu corpo cuspir as balas do meu peito. Os buracos começaram a cicatrizar.

— Como pode isso? E o que são essas criaturas cinzentas e magricelas? — perguntou, apavorado.

— Não te devo satisfações! — e os Flams fazem um chiado irritante com a boca.

Era um dia ensolarado. Estávamos em um campo com várias plantas secas e com solo arenoso, num local afastado de tudo. Senti uma pequena brisa bater em meu cabelo suado. Vi a veia da cabeça de Pedro pulsar. Os cabelos raspados e a pele bronzeada estavam molhados de suor.

— Você não tinha direito de matá-la.

— Desculpe-me! — Pedro ajoelhou e implorou. — Perdoe-me.

Chutei e cuspi nele.

— Você vai morrer.

Um Ahool soltou uma labareda com a boca, e, no mesmo instante, puxei-a e explodi o carro de Pedro com meu fogo.

— Já matei todos os seus irmãos e suas famílias.

Pedro começou a gargalhar.

— Eu não tenho família. Se você me matar, não perderei nada.

— Não quero saber se você vai perder ou não, eu só quero ver você queimar.

E o incendiei. Com as mãos no rosto, ele soltou um grito que veio do seu âmago e caiu, sem vida, para trás.

Depois de todos estarem mortos, um peso saiu das minhas costas.

— Mãe, cumpri minha promessa — balbuciei, caindo de joelhos.

O dever cumprido deixou minhas costas leves como seda. Entretanto, ainda precisava ir àquela reunião e mostrar o quão forte eu era. Levantei-me e gritei.

— Eu *sou* o fogo, e ninguém o tirará de mim!

XIV

Saio da minha casa antes de o sol nascer. Estou indo para o cemitério. Quero ver o túmulo de minha família. Ando por meia hora e passo pela frente da ULSP, que está toda em destroços. Ando por mais algumas quadras, até chegar ao cemitério Vida Eterna.

Este cemitério pode ser visto do último andar da faculdade — ou podia ser visto, antes de o prédio ser queimado. É um grande cemitério localizado no centro de São Paulo. Compro algumas flores para meus familiares. Passo por alguns túmulos e chego à frente do da minha mãe. Ajoelho-me e olho a foto que está nele. Uma tristeza bate em meu peito, e deposito as flores no túmulo. Ao seu lado, está o túmulo dos meus dois irmãos.

— Espero que estejam com Deus.

É estranha a sensação de esperança na vida após morte, porque nunca fui muito religioso. Agora, estar pensando nisso é algo bem confuso.

O primeiro raio de sol emerge do horizonte. Sento-me à frente dos túmulos e fico um bom tempo em silêncio, olhando a paisagem vagarosamente.

— Vou atrás do meu pai e, quando eu estiver forte, destruirei Focus, para vingar-me de tudo o que nos fez — digo para o túmulo à minha frente. — Mas você podia ter me falado sobre isso, não é? Não adianta ficar aqui, sentado, falando sozinho. Nada vai mudar.

Ergo-me e ajeito as flores que trouxe.

— Saiba que eu sempre vou te amar.

Ergo os olhos e, ao longe, vejo a silhueta de Focus observar-me. Tropeço e caio na grama molhada. Quando olho novamente, ele não está mais lá. Estremeço, mas não sei se foi por causa do frio ou do seu olhar. Saio correndo do cemitério e sigo o caminho para voltar para minha casa.

Por que Focus não me atacou? O que ele está esperando? Eu e Henrique devemos, urgentemente, conversar com nosso professor sobre o que descobrimos a respeito de meus pais. Mas preciso, antes de tudo, tomar um banho e um bom café.

XV

— **Bom dia,** Daniel! — diz Aline quando saio de casa para ir ao trabalho. — Tem passado bem? — Bom dia, tenho sim — não sei se ser atacado por demônios uma vez por semana é considerado passar bem, mas não vamos preocupar os outros. — E você?

— Bem também. Gostaria que você viesse jantar, hoje à noite, comigo e com meu marido — Aline sorri para mim.

— Será um prazer.

Ela concorda com a cabeça e pede para que eu chegue às nove horas. Despedimo-nos, e vou para o trabalho.

Está uma bela manhã de primavera com uma brisa. Hoje, fará um dia quente e gostoso. Marina está na frente da biblioteca. Franzo a testa e olho para ela.

— Desculpe-me por ontem! — adianta-se.

— Tudo bem, relaxa! — afirmo, abrindo o portão.

Olho-a e percebo o quanto gostei dela, do seu olhar dourado, do seu cabelo em chamas, do seu calor natural, de sua beleza. Então, faço um convite.

— Quer sair comigo hoje à noite? — ela enrubesce e concorda. — Suas bochechas rosadas combinam com o seu cabelo.

Como reflexo, ela põe a mão na bochecha, e rio.

— Vim devolver alguns livros também.

— Tudo bem, já vemos isso.

Entramos na biblioteca e lá ficamos conversando. Marina passou o dia todo comigo, andando pelos corredores. Hoje, Pedro não trabalha. Então, não houve nenhum problema por Marina ficar comigo o dia todo. A biblioteca, como sempre, não teve muito movimento. Qual é o problema das pessoas com os livros? São tão fascinantes.

O dia passou como uma estrela cadente no céu. Nosso almoço foi um pacote de biscoito com refrigerante. Marina me contou grande parte da sua vida. Informou onde estudou quando criança. Relatou que fazia faculdade de Arquitetura, mas que, devido ao incêndio, que tomou proporções enormes, as aulas foram paralisadas. Havia medo de novos ataques.

— Muito estranho aquele incêndio! — fala Marina, girando na cadeira da recepção.

— Pois é. — confirmo, lembrando do ocorrido.

— Não está na hora de fechar a biblioteca? — ela me pergunta.

Olho para o relógio e corro para fechar as janelas. Marina me ajuda, rindo.

Bato meu cartão, e saímos.

— Vamos comer alguma coisa? Aquelas bolachas não me encheram — argumento, acariciando minha barriga.

— Vamos comer uma pizza?

Abro o maior dos sorrisos, e partimos para a pizzaria mais próxima. Marina para e me puxa para o outro lado da rua. Na hora, pensei que ela quisesse um beijo. Ela percebe minha expressão e explica sua reação.

— Aquele que está atravessando a rua com outros meninos é meu ex. — comenta com um ar zangado.

No mesmo instante, previ problemas. A noite não está tão quente quanto o dia. Um vento frio bate nos nossos rostos. Um fogo cairia bem agora.

— Quem é esse, Marina? — aborda-nos um menino moreno, de olhos castanhos, com um ar marrento. Não é lá muito atraente.

— Não te interessa — ela rebate.

— Claro que me interessa. Quem é esse cara andando com a minha mulher?

Fico espantado, porque, que eu saiba, ela é solteira.

— Não sou nada sua, Gabriel.

— Mas eu terminei com a Rebeca hoje. Vamos voltar.

— Ei, amigo... — intervenho, tocando seu braço.

Ele para, olha para a minha mão e me empurra.

— Não sou seu amigo.

— Para, Gabriel! — Marina grita.

Seus dois amigos me seguram, e Gabriel me dá murros na barriga e um soco no nariz. Caio no chão. Marina vem para perto de mim.

— Olha o que você fez, seu idiota!

O sangue é quente e tem gosto metálico.

— Venha comigo e deixe esse cara aí — Gabriel puxa o braço de Marina, que tenta desvencilhar-se.

Pulo em cima de Gabriel. Mais socos e chutes são trocados. Os amigos de Gabriel nos separam. Meu corpo está fervendo. Marina vem e fica perto de mim.

— Você está bem?

Por que sempre fazem essa pergunta ridícula depois de algo ruim ter acontecido com a gente?

Gabriel puxa Marina, e ela dá um tapa no seu rosto. Gabriel vira um murro no rosto de Marina, que cai no chão, praticamente desacordada. Lâmpadas da rua estouram, e, quando me dou conta, estou com as mãos fervendo e batendo nos três.

A camiseta de Gabriel está pegando fogo. Os dois amigos correm. Seguro Gabriel pelos braços e começo a queimá-lo. Marina me puxa.

— Daniel, o que você está fazendo?

Olho para seus olhos úmidos e para sua boca sangrando. Apago o fogo. Gabriel sai mancando atrás de seus amigos.

— O que você acabou de fazer com o fogo, Daniel? — Marina se ajoelha ao meu lado e me questiona.

— Gabriel, eu o odeio.

Fico em silêncio, deitado no chão, com o gosto de sangue na boca. Perdi o controle de mim mesmo há pouco e estou bastante assustado. Viro-me para Marina.

— Posso controlar o fogo. Ainda quer sair comigo?

Ela não ri. Então, explico toda a história para Marina. Posso confiar nela, sinto isso.

— Foi você quem incendiou a faculdade?

— Focus.

Levanto-me e abraço Marina.

— Relaxe, Marina, apenas relaxe.

Vamos dar um beijo, mas, no primeiro toque de nossos lábios, abrimos os olhos e rimos.

— É, este gosto é estranho para um primeiro beijo.

Marina concorda, sorrindo.

— Se meu pai me vir assim, ele vai ficar louco — ela diz.

— Vamos para a minha casa. Lá, você pode se recuperar.

Ela olha para mim, desconfiada.

— Ah, por favor, vamos.

Ela continua parada, encarando-me.

— Confie em mim, e te mostro o que posso fazer com fogo.

Ela põe a mão na testa e balança a cabeça.

— Daniel, você devia ter se calado na primeira frase.

Puxo Marina para mim, e vamos, abraçados, para a minha casa, sujos de sangue.

— Daniel, preciso de uma toalha — pede Marina, que está atrás da porta do banheiro. Já estou lá, com a toalha em mãos.

— Ah, você já limpou o sangue — ela observa, pegando a toalha.

— Sim, no banheiro ali de trás — sorrio. — Só minha boca está um pouco inchada.

— Não acredito que ele me deu um soco no rosto — confessa, encabulada, olhando-se no espelho. — Ainda bem que só está um pouco vermelho.

— Continua linda — afirmo, e o seu rosto inteiro fica corado.

— Pronto, agora a marca sumiu — ela sorri para mim, vem ao meu encontro, e nos beijamos.

Um beijo molhado, doce e um pouco metálico.

— Ai, não morda o meu lábio. Está dolorido!

Alguém começa a bater palmas na frente de casa. Marina se afasta de mim e vai ver quem é.

— Daniel, é uma senhora.

— Ixe, Aline. Esqueci do jantar completamente — consulto o relógio e percebo que já são nove e meia. Vou até a porta da frente — ou melhor, até o grande buraco na parede — e aceno para Aline.

— Desculpa, eu me atrasei — falo, coçando a cabeça.

— Não se preocupe, acabei de terminar o jantar. Você ainda vem?

Fico em silêncio, pensando em Marina.

— Pode trazer a sua namorada junto — Aline solta num tom alegre.

Marina aparece, sorrindo, ao meu lado e pergunta "Vamos?". Aline sorri, e eu, com ar de perdido, sigo-a.

O jantar foi ótimo. Aline adorou Marina, e vice-versa. Conto da minha infância em São Paulo, e Marina narra um pouco da dela e menciona alguns planos.

— Mas, como a faculdade pegou fogo... — ela se vira para mim com a expressão de quem já sabe quem foi que a incendiou. — Eles vão atrasar toda a grade.

Ajudamos a lavar a louça, e o celular de Marina toca. Ela sai para atender.

— Cuida dessa menina, Daniel.

— Tentarei!

Então, com a minha resposta, Aline pisca para mim.

— Era o meu pai. Preciso ir embora!

— Tem um ponto de táxi a duas quadras, Daniel. Leve-a até lá — instrui Aline. — Foi um prazer conhecer você.

— O prazer foi meu — elas se despedem, e acompanho Marina. — Adorei ela.

Todos a adoram. Chegamos. Marina me beija e entra em um táxi. Antes de dobrar a esquina, Marina põe a cabeça na janela.

— Também adorei você, gatinho.

Aceno, sorrindo para essa menina louca, e vou para a minha casa destruída. Estou adorando essa ruiva marrentinha.

XVI

Ligo para Henrique, pedindo o endereço de Marina.

— Pra quê você quer o endereço? Olha a hora, Daniel.

— Preciso falar com ela. E me passe o número de telefone dela, Henrique, não lembrei de pedir pra ela hoje.

— Vocês saíram?

— Sim. Me passa logo, Henrique.

— O que você aprontou? Olha a hora, Daniel!

— Henrique...

Henrique me passa o endereço e o número de Marina. Agradeço e desligo o telefone. Não consegui dormir. Preciso explicar a ela o perigo que todos correm.

Chego à frente da sua casa com minha bicicleta surrada e telefono para o seu celular. Na primeira vez, cai na caixa postal, mas, na próxima, ela atende.

— Alô. Quem é?

— Oi, Marina, sou eu, o Daniel. Estou na frente da sua casa e preciso falar com você.

— Você o quê? Olha a hora, Daniel!

— Por favor, é importante.

— Já desço.

A casa é grande e amarela. Tem dois andares. Fico esperando Marina encostado no muro, escondido entre as sombras das árvores da rua. Escuto o portão abrir-se, e Marina aparece do meu lado, de calça de moletom e com uma camiseta dez vezes maior do que ela. Seus cabelos ruivos estão presos em um coque.

— Você está uma gracinha! — brinco.

— O que você quer a essa hora? — pergunta, cortando-me. — Não acabamos de nos ver?

— Preciso falar com você sobre algumas coisas.

Ela ergue uma sobrancelha e fala.

— Desembucha.

— É complicado.

Marina cruza os braços e me encara.

— Pior que as histórias de hoje? — ela indaga. — Você veio falar que não pode ficar comigo por medo? Ou o quê? Não quer me expor ao perigo? Só por que você controla o fogo; e por que tem um maníaco atrás de você, tentando te matar?

— Você aceita tudo isso? Focus irá caçar todos ao meu redor.

— Ai, Daniel... — solta Marina, bufando. — E lá eu tenho medo de homem?

Essa menina é incrível.

— O que são essas coisas? — Marina me pergunta. Quando me viro, Flams estão em cima dos muros e de algumas árvores.

— São Flams. São os demônios que Focus conjurou para me perseguir. Eles me vigiam.

Marina olha, assustada.

— Eles são horrorosos — concordo.

— A gente se vê amanhã, loirinho — diz Marina, beijando-me, e entra em sua casa.

— Você tem meu celular, me ligue.

Marina revira os olhos e entra. Pego minha bicicleta e volto para casa, fugindo de alguns Flams. Marina está avisada.

XVII

Acordo com o telefone tocando em pleno dia de folga. São sete horas da manhã. É Henrique.

— Alô.

— Daniel, tudo bem? Pode falar agora?

— Aham.

— Gabriel disse que você virou um homem de fogo ontem.

— Ah, ele machucou a Marina, e eu dei uma lição nele. — explico.

— Mas isso foi na rua?

— Foi. Mas ninguém viu. E não virei um homem de fogo, apenas usei as mãos.

Henrique suspira do outro lado da linha.

— Você está se expondo demais, Daniel.

— Ai, Henrique, ninguém viu. Não precisa encher o saco!

— Ah, não... — diz Henrique. — Você ateia fogo em tudo e em todos, e eu sou o chato? Você vai acabar preso um dia, e vão te torturar pra saber como você faz isso.

— Eu não faço besteira. Só tento ajudar as pessoas que estão próximas de mim.

— Você precisa tomar consciência das coisas que você faz. Estou falando isso para seu bem.

— Henrique, não me encha o saco. Sou melhor que muitas pessoas, posso controlar o fogo.

— Você está virando egoísta e mau. Espero que veja isso logo, antes que isso te corroa.

— Quando eu tomar conta disso, eu te ligo, beleza?

— É assim? — ele pergunta.

— É. — e desligo o telefone.

Só me faltava essa agora, Henrique atormentar-me, dizendo o que devo ou não fazer.

Meu celular recebe uma mensagem nova, e é de Pedro, pedindo-me para ir trabalhar no sábado de manhã — ou, sem muitas festas.

Tomo um banho e vou até a padaria, para refrescar a cabeça e tomar um café bem forte. Os construtores chegam cedo para arrumar a destruição de Focus.

— Bom dia! — cumprimento-os, e me explicam que a reforma demorará mais uma semana para ficar pronta.

— Tudo bem.

Na padaria, encontro Marcos e Patrícia, um casal de amigos. Ele é um cara alto e barbudo; ela, uma menina morena cheia de tatuagens.

— Bom dia, Daniel! — fala Marcos. —Tudo bem?

— Bom dia! Tudo, sim, e aí?

— Tudo bem — responde Patrícia — Sente aqui com a gente.

Aceito. Vou buscar um café e compro um pacote de biscoitos.

— Beatriz nos contou — começa Marcos, e Patrícia olha, atenta, para mim.

— Contou que ela me fez passar vergonha na delegacia?

— Contou que você incendiou a universidade.

— Ela tira umas coisas absurdas não sei de onde.

— Mas não foi você? — Marcos questiona.

— Não, e, se tivesse sido, eu estaria preso. Não há provas contra mim e, ainda por cima, eu estava com meu professor e com Henrique na hora do acidente.

— Henrique sempre vai te defender — solta Patrícia, e Marcos olha para ela, com a cara amarrada.

— Mas, se não foi você, quem foi? — Marcos continua, e dou de ombros. — Essa pessoa merece os meus parabéns, ficaremos sem aula por um bom tempo.

— Ou até nos transferirem — arremata Patrícia.

Jogamos mais conversa fora, e os dois me convidam para uma festa de *Halloween* que ocorrerá amanhã.

— Vai todo mundo nessa festa — conta Marcos, entusiasmado.

— Ninguém tem que estudar para nenhuma prova, então vai ser sensacional.

— Vamos, Daniel! — Patrícia fica balançando a cabeça sem parar, sorrindo.

— Está bem, eu vou!

Os dois sorriem, conversamos mais um pouco, e me despeço.

— Até amanhã — saio para andar um pouco.

A cidade, pela manhã, fica muito movimentada, e não estou com ânimo para fazer nada.

Fico sentado em um banco da praça, tomando um pouco de sol. Alguns amigos moram em apartamentos aqui perto e decido visitá-los.

Toco a campainha da casa de Bruno.

— E aí, amigo? — abre a porta para mim.

— Tudo bem? Resolvi passar aqui, já que não estou fazendo nada, e, provavelmente, você também não, já que a faculdade foi destruída.

Ele solta uma gargalhada e me convida para entrar.

— Pois é, essa faculdade ser totalmente chamuscada foi um alívio e um horror ao mesmo tempo.

— Vamos todos ser transferidos.

— Eu estou fazendo as minhas malas — declara.

— Ué, por quê?

— Ah, como essa burocracia vai demorar, eu vou voltar para a casa dos meus pais e esperar até que tudo se revolva.

Bruno mora na Bahia, no Nordeste do país e veio para cá cursar a faculdade de Cinema.

— Então, essa é a última vez que vamos nos ver? Foi ótimo vir aqui. Uma despedida.

— Sim, amigo, mas vamos nos ver de novo.

— Então, vamos fazer uma despedida aqui.

— Ah, estou arrumando as malas. Acho que não vai dar.

— Claro que dá! Você termina aí, e eu ligo para Marina vir aqui com algumas coisas.

Ele olha torto para mim

— Pelos bons tempos do primeiro ano da faculdade, e, sim, estou conversando com Marina

— Conversando? — pergunta-me, com um sorriso malicioso.

— Mais que isso — respondo.

— Então, eu topo.

Ligo para Marina e desço para comprar algumas bebidas no mercado. Quando volto, Marina está lá com mais alguns amigos de Bruno que não conheço.

— Olá — Marina me beija.

— Oi — respondo. — Quem são eles?

— Também não sei.

— Quanto te devo por essas compras que eu pedi pra você fazer?

— Nada.

— Como, nada? Eu pedi e, agora, tenho que te pagar.

— Também sou amiga do Bruno, e, por favor, não fique com essa cara só porque eu também paguei pela festa.

— Tudo bem — aceito e a beijo mais e mais.

Bruno liga para outros amigos, e seu apartamento se enche cada vez mais.

— Chamou o Henrique? — Marina me lembra.

— Não. Nós brigamos, porque eu bati no menino na rua, só porque usei meus poderes.

Marina gargalha.

— O que foi?

— Meus poderes, que engraçado — e gargalha outra vez.

— Meus poderes — repito e a encaro.

— O que foi? — ela pergunta — Só foi engraçado. Vai ficar bravo? Vai brigar comigo também?

— Não vou — digo.

— Estive pensando sobre o que você me contou do Focus — ela começa.

— O que tem?

— Ele vai te perseguir até o fim do mundo para conseguir os poderes dele de novo — continua.

— Sim, meus pais tiraram dele, porque ele estava se vingando de todo mundo.

— Mas você não se vingará pelo que ele fez?

— Vou — falo, lembrando-me da noite em que o vi pela primeira vez. — Vou matá-lo e encontrar meu pai.

— Então, que culpa ele tinha de usar os poderes para se vingar? Todos os usariam para fazer isso.

— Ele é mau — rebato. – Não tente ficar do lado dele. Ele matou minha família, Marina!

— Não estou ficando do lado dele — ela se defende. — Só foi uma ideia.

— Ok.

Assim, passaram-se o dia e a noite, conversando com os amigos e trocando beijos com Marina.

— Vai na festa amanhã, Marina? — uma amiga de cabelos morenos pergunta.

— Vou, e vocês?

— É claro. Vai levar o namorado?

— Primeiro, ele não é meu namorado. E, em segundo lugar, acho que ele vai.

— Vou, sim — confirmo, mordendo a orelha de Marina.

Foi um dia agradável. A festa acabou, e nos despedimos de Bruno.

— Se cuida nessa vida, amigo — digo a ele, dando-lhe um abraço.

— Vão me visitar em Salvador? — convida

— Gostaria muito de ir para Salvador — Marina comenta.

— Pode ficar lá em casa.

— Olha que eu vou cobrar, hein!

Todos rimos e nos despedimos, novamente, de Bruno. Andamos pela rua. Estamos um pouco altos por conta da bebida.

— Melhor eu pegar um táxi — Marina fala.

— Deixa que eu te levo.

— Não precisa, Daniel, sei me cuidar.
— Não disse que não sabe.
Ela me encara e me beija. Então, despede-se e atravessa a rua até a praça, onde vários táxis estão parados.

XVIII

Noite de festa. Eu e Marina estamos na frente de um casarão abandonado, em um dos bairros remotos da cidade. Estou fantasiado de pirata, e ela, de sereia, com um comprido vestido verde e um biquíni de conchas. Estou com uma calça *jeans*, botas, um chapéu e tapa-olho.

O casarão está cheio de gente, e a rua — nem se fala —, lotada de carros.

Heloísa, Pietro e mais algumas pessoas que não conheço organizaram a festa. Acertaram em cheio na ideia da festa, já que ninguém tem que estudar. Acredito que todos os convidados vieram.

— Bem-vindos! — somos recepcionados por uma bruxa. — Divirtam-se!

Entramos na casa e vemos super-heróis, monstros, pessoas de pijamas e com as mais variadas fantasias. Seres de todos os tipos estão pelos cantos da festa.

Na sala, servimo-nos das bebidas que uma múmia nos ofereceu. Marina olha para todos os lados.

— Não encontro nenhum conhecido. Esse lugar está cheio de gente.

— Vamos lá fora — sugiro.

Ela concorda e me puxa para os fundos da casa. Para sair, foi meio difícil, pois era intensa a entrada e a saída de pessoas — uma confusão! Estamos em um grande campo aberto com algumas árvores no fundo da cerca.

— Esse lugar é enorme — Marina concorda.

— Dizem que é mal-assombrado e que, por isso, está abandonado.

— Pelo visto, hoje é um dos poucos dias em que a casa fica animada.

Andamos em volta da piscina, cuja água está verde-musgo.

— Isso faz parte da decoração? — estranho.

Marina dá de ombros, e nos sentamos em uma mesa perto da churrasqueira. Encontramos David, um menino alto e moreno que está vestido de Batman, com a namorada, Sabrina, uma jovem que trabalha como modelo na cidade, que está fantasiada de anjo.

— Oi, Daniel — diz Sabrina. — Oi, Marina. Estão se divertindo?

— Sim, e vocês?

— Também estamos. E aí, estão só vocês dois por aqui? Querem nos fazer companhia?

— Por mim, tudo bem — Marina responde.

Logo depois, encontramos Marcos e Patrícia.

— Oi, pessoal — falaram, puxando uma cadeira e sentando-se em nossa mesa.

Conversamos por mais algum tempo, e Marcos me convida para ir com ele e David pegar algumas bebidas.

— Vamos deixar as garotas sozinhas por um tempo e dar uma volta?

Dou um beijo em Marina e volto para o casarão. O número de convidados parece ter dobrado.

— Este tapa-olho está me incomodando — deixo-o cair em meu pescoço.

David pede seis copos da bebida mais forte e me diz, apontando para o meio da multidão.

— Daniel, olha o Henrique ali.

Puxo a mão de Davi e explico, falando de lado, que não estamos conversando.

— Mas ele é seu melhor amigo, e eu só quero dar um "oi" para ele, já que ele é meu amigo também — solta um grito para Henrique.

Henrique chega até nossa rodinha e fecha a cara quando me vê. Cumprimenta todos nós. Então, lanço uma ironia.

— A fantasia de caveira combinou com você.

Ele joga o copo de cerveja na minha cara.

— Idiota! — e se embrenha na multidão.

— Por que isso, Daniel? — pergunta Marcos.

— Bobagem.

— Achei desnecessário — balança a cabeça. — Ele é seu amigo há muito tempo.

— Vamos lá pra frente, ver quem está por lá — David nos chama.

Há um empurra-empurra para conseguir sair. Quando, finalmente, consigo sair, congelo instantaneamente. Focus está ali na frente. Olho de novo, e ele não está mais lá.

— Nossa, cara, você está pálido! — comenta David. — Até parece que viu um fantasma.

Balanço a cabeça. Descemos para a frente de casa e nos sentamos do outro lado da rua, para conversar e tomar nossas bebidas.

— Marcos, por que a fantasia de mosqueteiro? — David pergunta.

— Para combinar com a fantasia de presidiária de Patrícia — devolve.

— Você devia ter vindo de policial — David opina, imitando uma arma de fogo com as mãos.

— Tanto faz — sorri.

Olho para a frente da casa, e lá está um Flam.

— Cara, você ficou pálido de novo — retoma David.

— Temos que entrar e encontrar nossas garotas.

— O que está acontecendo?

Levanto-me e sigo para a casa. Os dois me seguem.

— Espera aí, Daniel — afirma Bruno, alcançando-me, enquanto paro no centro da sala e olho para alguns Flams na escada.

— Que maneira a fantasia deles!

— Temos que sair daqui agora! — disparo entre as pessoas, derrubando-as para conseguir chegar aos fundos da casa.

— Daniel! — Marina chega até mim.

Quando vejo que ela vai começar a falar, eu a interrompo.

— Eu vi, eles estão aqui — fito o fundo e vejo que mais alguns Flams seguem em direção à casa.

— Rapaz, esses caras compraram a fantasia em alguma liquidação? — David nos alcança, e Marcos lhe responde.

— Falta de criatividade, amigo — segura meu ombro. — Cadê a Patrícia e a Sabrina?

— Elas estavam comigo, mas não sei aonde foram.

— Merda! — David fala, mas sua expressão fica calma quando aponta para longe. — Elas estão ali.

Começa a chacoalhar os braços, e eles vêm em nossa direção.

— Seu idiota, o que você está fazendo aqui? — diz Beatriz, soltando um tapa em meu rosto.

— Ei, calminha aí. — diz Marcos.

— Sua desgraçada, quem você pensa que é pra bater no Daniel? — fala Marina, puxando os cabelos de Beatriz, que geme de dor.

— Ele tacou fogo na nossa universidade e é capaz de tacar fogo aqui também.

— Você devia agradecer, sua maldita. Você reprovaria, ele te ajudou.

— Meu Deus, Marina, você está nervosa!

Seguro Marina. David e Marcos prendem Beatriz. Não queremos que as coisas piorem.

— Marina, deixe para lá — abraço-a. — Já passou.

Ela solta os cabelos de Beatriz e a manda sumir. Beatriz cospe na minha direção e vai para o meio da multidão.

— O que foi isso? — pergunta Sabrina.

— A Beatriz delirando de novo? — indaga Patrícia.

Balanço a cabeça afirmativamente, e David dá seu copo de bebida para Marina.

— Tome isso, que você se acalma.

— Eu estou calma! — diz Marina com o cabelo todo bagunçado.

Coloco o copo de David na mesa, e escutamos uma voz conhecida no microfone.

— Todos para dentro, que, agora, vamos começar a competição de fantasias. –— ouvimos Heloísa dizer.

— Vamos, antes que não consigamos lugar —Sabrina estimula.

Concordamos e entramos. A sala lota cada vez mais. Alguns Flams me observam das escadas. Olho para Marina, e ela me pede para ficar calmo.

— Espere a multidão dispersar — ela aconselha. — Eles só querem você, não vão machucar ninguém aqui. Eles só querem te vigiar, Daniel.

Henrique está na ponta da escada com alguns amigos e nota um Flam. Vejo que procura por mim na multidão. Abaixo-me, porque não quero falar com ele. Cada vez mais pessoas entram na sala e se empurram. Conto vinte e dois Flams. Percebo uma menina de cabelos loiros abraçada com dois Flams, vestida de Dorothy, encarando-me.

Desvio o olhar e descubro Focus no meio das pessoas.

— Marina, ele está aqui.

Ela aperta meu braço e pede para que eu mantenha a calma.

Procuro por ele, que não está mais lá. Uma salva de palmas interrompe a minha busca, quando Heloísa e Pietro sobem em uma mesa no centro da sala e começam a informar o nome dos participantes do concurso de fantasias.

A cada nome anunciado, uma gritaria. Sinto uma mão em minhas costas, olho para trás, e é um Flam. Dou um murro em seu peito, e a multidão em volta se empurra e cai.

— O que você fez, Daniel? — pergunta Marcos.

Olho e percebo que era um menino caído no chão.

— Eu pensei que era... — e minha voz falha.

Marina puxa o menino e pede desculpas.

— Daniel, o que está acontecendo?

— Eu vi um Flam.

— Mas era só o menino passando — diz David. — E que porra é essa de Flam?

— Você usou alguma droga, Daniel? — Marcos me encara. Discordo, e a salva de palmas recomeça.

— Se acalme — pede-me Sabrina.

Olho para uma menina na parede, que sorri maliciosamente, em minha direção.

— Marina, quem é ela? — questiono.

— Nunca a vi por aqui. Por quê?

— Por nada. Só achei ela um pouco estranha.

— Ela é um pouco nova pra estar em uma festa dessas, não é?

— Sim, é, sim.

Marina me puxa para perto dela, e a menina nos encara.

— Os vencedores do concurso são... Regina e Afonso! — declara Heloísa, e Pietro ergue os braços dos vencedores, que estavam vestidos de Super Homem e Mulher Maravilha.

— Que clichê! — aponta Patrícia, e os outros concordam com a cabeça.

Uma gritaria total toma conta da sala. Outra barulheira vem da cozinha. Sinto cheiro de queimado e vejo fumaça saindo da porta. Marina arranca a máscara de lutador mexicano da mão de um menino.

— Depois eu devolvo — ela me entrega. — Tire esse chapéu e coloque essa máscara, ninguém poderá ver o que você faz.

Concordo, tiro a minha fantasia e ponho a máscara.

Vou contra a correnteza humana, tentando chegar ao local do qual todo mundo está correndo. Uma gritaria começa no andar de cima. Todo mundo que estava no quintal grita e corre para dentro da casa também.

Chego à cozinha e apago o fogo com um movimento das mãos. Algumas pessoas me olham assustadas.

— Daniel, a casa está pegando fogo!

Tento sair da cozinha, mas muitas pessoas travam a minha passagem.

— Por que ninguém está saindo? — exclamo, passando pelas pessoas.

— Esses caras estão trancando a entrada da casa.

Subo nos ombros de um menino e vejo que os Flams não deixam ninguém passar. Enquanto isso, o cheiro de queimado aumenta.

— O fogo está alastrando! — nota Marina, nervosa. — Vamos morrer queimados.

Pulo das costas do menino e puxo Marina para perto da janela.

— Cadê nossos amigos?

— Perdemos eles na multidão — ela frisa.

— Pule essa janela, vamos lá fora — abro a janela e ajudo Marina a passar. — Vai ser mais fácil parar o fogo de lá.

Já do lado de fora, vejo Ahools cuspindo fogo no telhado da casa. Puxo a maioria do fogo, jogando-o na piscina.

— Marina, fuja! Não quero que você se machuque!

— Não vou embora. Temos que salvar todo mundo.

Algumas pessoas estão do lado de fora, ao telefone; outras pulam pelas janelas, mas a maioria não consegue sair da casa, por causa dos malditos Flams.

Pelo matagal ao lado da casa, chego à porta da frente. Puxo o fogo do telhado, miro-o em alguns Flams que bloqueiam a passagem e entro correndo na casa, matando outros deles. A passagem começa a abrir-se, e as pessoas fogem para todas as direções.

O segundo e o terceiro andares estão tomados pelo fogo. Tento apagá-los, mas alguns Flams pulam em cima de mim. Debato-me para livrar-me deles e queimá-los. Algumas criaturas me seguram no chão. A menina que me encarou passa por mim, sorri e sai da casa.

O teto ameaça desmoronar. Empurro os Flams com as chamas que estão em minhas mãos e, para cima, lanço outras, para segurar o telhado e dar tempo para que as pessoas fujam. Ouço o barulho de viaturas da polícia e dos bombeiros. A sensação é de segurar o peso do mundo neste momento. Olho para os lados e não vejo ninguém, além de alguns Flams vindo em minha direção.

Deixo o teto desabar. Um globo de fogo se forma à minha volta e me protege de qualquer destroço. Tiro a máscara e a jogo no fogo. Saio pelo que resta dos fundos da casa e vou encontrar Marina na frente do casarão.

Ela corre em minha direção e me abraça, chorando.

Olho para as pessoas que conseguiram sair do casarão e vejo Focus no meio da multidão, sorrindo para mim.

— Não os encontrei — Marina me encara.

— Eu acho que eles estão por aí.

Os bombeiros e os policiais conduzem todos para longe da casa e prestam os primeiros socorros. Subo em uma árvore e ajudo os bombeiros a apagarem o fogo rapidamente.

Onde está Henrique? Meu Deus, eu não posso perder meu melhor amigo! Procuro por ele, desesperado. Com o olhar, encontro-o conversando com Vitor. Ainda bem que está a salvo.

Quando desço, encontro Marina com o delegado.

— Você por aqui, moleque — ele me fulmina com o olhar.

— Pai, ele é o Daniel.

— Pai? — surpreendo-me com a notícia.

— Não acredito que você está andando com esse sujeito, Marina.

Marina o encara por um instante.

— Ele está sob suspeita de ter posto fogo em sua própria casa e na faculdade — fala com uma expressão ríspida. — E, que coincidência, ele está na festa que acaba de pegar fogo.

— Ele estava comigo o tempo todo, não foi ele — informa Marina. — Ele salvou a minha vida, me tirou de lá a tempo de eu morrer queimada.

O delegado muda a expressão e aponta o dedo para mim.

— Estou de olho em você ainda, moleque — encara-me por um tempo e se vira para Marina. — Não quero você andando com ele.

E se retira para perto de outros policiais.

— Ele é seu pai?

— Sim.

— Vai seguir o que ele disse?

— Não — ela sorri e me abraça.

Sabrina vem correndo em nossa direção, chorando.

— David, Marcos, Patrícia e Pietro foram encontrados mortos — Sabrina está muito abalada. — Meu namorado morreu, eu o amava tanto!

Ela começa a chorar muito. Marina me abraça mais forte e coloca o rosto no meu peito. Puxo Sabrina para perto de nós, e a abraçamos. Mais pessoas mortas por causa de Focus e seus Flams. Meus amigos mortos. Mais uma vez, não pude contê-lo.

— D-d-esculpa — balbucio, e Marina me aperta mais forte.

XIX

A NOITE DE ontem foi muito perturbadora. Não consegui dormir direito e, hoje, tive que vir trabalhar em um dia em que a biblioteca tem movimento nulo.

Ligo a televisão e vejo as notícias da noite passada. Os rostos dos meus amigos estão no noticiário. A repórter indica que a causa do incêndio pode ter sido uma explosão, devido a um vazamento de gás e aos cigarros jogados por todos os lados da casa. Mas eu sei a verdadeira causa desse incêndio: Focus. Ao todo, vinte e sete pessoas morreram. Focus não desistirá de matar-me e alcançar o que quer.

Procurar meu pai é um pensamento que não sai da minha cabeça. Cada vez mais alto, esse pensamento grita dentro de mim. Ele me ajudará a deter Focus e me trará esperanças. Preciso de sua ajuda, pai. Mesmo sem ter notícias suas por anos, eu o encontrarei. Preciso falar com o meu professor. Chega de mortes.

O dia está nublado e com um vento cortante. Choverá em breve. Preciso sair desta cidade logo e não posso expor mais ninguém a riscos. Preciso agir, porque Focus não hesitará em matar todos, até pôr as mãos no dom do fogo, dom que foi tomado dele por não saber usar. Ele destruirá tudo o que tocar, acabará com tudo, construirá seu reino com fogo e sobre cinzas. Por isso, quanto mais rápido eu fugir daqui, melhor será para todos.

Andando entre as estantes, procuro algum livro místico sobre o fogo. Entre livros de Química, Física e teorias diversas, achei alguns que relatam a lenda do fogo e os animais relacionados. Um desses animais é a fênix, a que ressuscita das cinzas. Será que consigo criar uma fênix com o fogo? Dragões? Quimeras? Cobras? Da próxima vez que usá-lo, pretendo tentar.

O fogo se cria da ira, é jovem, purificador, destruidor e cheio de energia. Estou entretido em minha leitura, quando tomo um susto. As janelas se fecham com estrondo. Vou olhá-las, e o vento, lá fora, está soprando muito forte. O céu está negro. A energia cai.

— Desgraça! — exclamo, e minha voz soa pela biblioteca vazia.

A chuva começa a cair lá fora, e corro para fechar as janelas que ficaram abertas. A sineta faz barulho, e vou até a recepção. Ninguém. Volto para as janelas, e a sineta é tocada novamente. Retorno à porta, e ninguém está lá. Alguém deve estar de brincadeira comigo.

Espero por um tempo para ver se alguém aparece. Guardo os livros que estava folhando, e a sineta volta a tocar. Continuo com meus afazeres, não dando bola para a peça que alguém pregava em mim. Não vou voltar lá.

A sineta é apertada freneticamente. Viro-me para ir à recepção e dou de cara com Focus.

— É falta de educação não atender os clientes —ele vem em minha direção.

Põe a mão em volta do meu pescoço e me joga contra a estante do seu lado. Então, chuta minha barriga. As estantes começam a cair em cima das outras.

— Voltou para pegar seu dom?

Ele sorri maliciosamente e parte em minha direção. Não tenho tempo de correr. Focus é rápido, agarra meu braço e me joga no chão. É um pouco enxergá-lo nesta penumbra. Escondo-me debaixo de uma estante.

Nota mental: guardar alguma coisa que provoque alguma pequena faísca para eu criar fogo. Devia ter feito isso antes, como Henrique me alertou.

A luz volta. A estante é jogada para o lado, e Focus tira uma lâmina da bota. Levanto-me e subo em outra estante. Tiro alguns livros e os jogo em sua direção. Cada livro que chega perto dele é desviado por suas mãos. Focus chuta a estante repetidamente, que começa a tremer.

A estante quebra, e caio no chão, com meu braço esquerdo amortecendo a queda. Vou para outra estante, arrastando-me, tentando chegar até a recepção. Focus vem atrás de mim.

Abro a pequena porta do balcão da recepção e tiro um isqueiro de cozinha de dentro da gaveta, o qual Pedro tinha deixado na livraria quando o comprou e nunca mais levou embora. Pressiono a pedra até as faíscas saírem do isqueiro. Faísca, fogo, chamas!

Jogo uma labareda em Focus, que a desvia com os braços, jogando-a para uma estante de livros. Esse é o momento para tentar criar os animais que vi nos livros. Então, aumento o fogo.

Focus me chuta, mas o fogo me protege. Continua tentando me golpear, e o fogo aumenta sua intensidade cada vez mais. A grande chama ganha a forma de um pássaro.

— Você vai destruir tudo o que tem! — assevera Focus.

Solto as chamas, e a fera parte para cima dele. Uma explosão o atinge, e a biblioteca treme.

Os livros estão em chamas, assim como o chão e as paredes. Vou apagar o fogo, mas Focus lança uma estante em chamas sobre mim. Apago o fogo da estante, mas o móvel me atinge com muita força, e caio no chão, tonto. Focus está se recompondo.

Vou me arrastando para a porta, pois preciso sair daqui logo. O fogo toma conta da biblioteca. Deslizo e caio nos degraus da porta. Vou para o portão da biblioteca e tomo um choque; literalmente, um choque. Caio, travado, no chão, tentando me mexer.

— Agora, tenho um flagrante!

Tento falar, mas o choque elétrico me travou. Olho para o pai de Marina.

Ele sorri para mim.

— Foi você quem colocou fogo em todos os lugares.

Encaro-o, tentando voltar com as minhas forças. Mas, enquanto tento falar, ele me puxa, joga-me no camburão e coloca algemas em meus punhos.

— Você está preso, Daniel — anuncia Carlos, sorrindo satisfeito. — Pego na cena do crime, ateando fogo no próprio local de trabalho. Dessa vez, Marina me ouvirá.

— Não — rebato.

— Cala a boca! Na delegacia, conversaremos.

O trajeto foi rápido. O delegado estava feliz por me prender e, por isso, dirigia rapidamente. Abriu a porta, chamou mais dois policiais, que me retiraram do camburão e me largaram no chão.

— Levanta! — gritava um deles, chutando-me.

Ponho-me de pé e sigo delegacia adentro. Colocam-me em uma sala fechada, sem janelas, preso em uma cadeira.

— Desembucha! Como você conseguiu colocar fogo em todos aqueles lugares?

Fico em silêncio, observando todo o interior da sala onde estamos.

— O fogo consome tudo o que tem pela frente e, se não for contido, acaba com tudo.

— Disso, eu sei. Agora, responda o que eu perguntei.

— Você quer a verdade?

O delegado me olha com um ar desconfiado e mexe as mãos para eu começar a falar. Acende um cigarro e me olha.

— Vai, fala logo

— Um cara queria atear fogo em tudo e todos que ele conhecia. Então, meus pais tiraram o dom dele e colocaram em mim. Mas esse cara veio atrás de mim, querendo o dom de controlar o fogo de volta.

O delegado solta uma gargalhada.

— Muito criativa essa história, mas eu quero a verdadeira.

Queimo todo o cigarro que estava em sua boca.

— Mas o que é isso? — olha para o cigarro e para mim. — Depois, conversamos.

Levanta-se e me puxa. Abre uma porta, e vamos para o porão da delegacia, onde ficam as celas. Um menino de cabelo raspado está em uma delas. Sua mão está queimada.

O delegado me deixa dentro da cela fria e úmida e vai embora, subindo as escadas.

XX

— Oi, **MEU NOME** é Renan —o menino da cela ao lado que o silêncio. Ele tem olhos pretos como a noite. — Por que você está aqui?

Estou encolhido num canto da cela, pensando na encrenca gigante na qual me meti.

— Porque ateei fogo na biblioteca em que eu trabalhava — seguro minha cabeça com as mãos.

— Que engraçado! — ele passa a mão em sua cabeça raspada.

— O que tem de engraçado? — pergunto.

— É que eu vim parar aqui quase pelo mesmo motivo, mas eu não taquei fogo em uma biblioteca — ele ri. — Quer saber o que fiz para estar aqui?

— Tanto faz.

— Eu cursava física naquela faculdade que pegou fogo — ele se levanta e põe o rosto entre as grades. — Foi você quem botou fogo lá também?

Encaro-o. Ele ri.

— Eu sabia!

— Eu não disse nada, seu idiota.

— Nem precisa, não é?

Enfio minha cabeça entre as pernas e as abraço.

— Eu estava estudando e descobri um líquido que pega fogo só com a colisão.

Foi você quem botou fogo lá também?

— Espera — levanto a cabeça.

Ele ri e diz:

— Você acha que a ULSP pegaria fogo inteira, só começando a combustão de um lado?

Não tinha pensado nessa possibilidade. Ele ri e puxa a manga da sua blusa comprida.

— Tive queimaduras em meu braço, e, depois que saí do hospital, o delegado me trouxe para cá.

Concordo com a sua história.

— Você não presta, cara — digo, sorrindo.

— Você, menos ainda.

— E esse líquido? Você tem mais dele?

Esse líquido poderia me ajudar quando eu não tivesse nenhuma fonte de fogo.

— Gostou da ideia de atear fogo em tudo? Tenho um pouco de Zippo lá em casa. Quando estivermos fora daqui, posso fornecer um pouco dele.

Ele é louco, mas gostei dele.

— Só não sei se sairei daqui, pois estou muito encrencado!

— Entendo, amigo. Entendo.

A porta se abre, e o policial grita.

— Silêncio, os dois aí embaixo! — apaga as luzes. — Hora de dormir.

O porão fica todo escuro.

— Boa noite — Renan diz.

— Boa noite — e não adormeço.

As horas se passam, e uma barulheira ocorre lá em cima. Devem ter prendido algum bandido agora de madrugada. A porta do porão se abre, e as luzes se acendem. Escuto o meu nome ser dito por vozes familiares.

— Daniel! —Marina corre para a minha cela. Henrique está com ela.

— Viemos te salvar — ele fala, sem olhar para mim.

Tentam abrir a minha cela com o molho de chaves.

— Meu Deus, vai demorar muito! Vamos ser pegos antes de te salvar — Marina se exaspera.

— Sem problemas — diz Henrique, riscando um fósforo.

— Me desculpa, Henrique. Fui um idiota.

— Desculpo. Mas não esqueça que eu te disse que você acabaria preso.

Sorrio para ele, pego a chama do fósforo e derreto as grades da cela.

— Inacreditável! — grita Renan. — Meu Deus, você é demais!

— Vamos, Daniel! — Marina nos apressa. — Antes que nos peguem aqui.

— Só um momento, vou libertar um novo amigo.

Renan sorri para mim. Derreto sua grade, e ele me abraça.

— Posso ir com vocês?

Meus olhos encontram os de Marina e, depois, os de Henrique.

— Quanto mais ajuda, melhor. Mas se lembre de que você é um foragido agora — avisa Henrique. — Vamos, gente.

— Adorei isso! — Renan está com um sorriso que vai de orelha a orelha. — Somos parceiros do crime — olho para Marina, e ela ri.

— Pra onde estamos indo? — pergunto.

— Daniel, compramos passagens para fora da cidade e pegamos algumas roupas na sua casa — Marina me alerta. — Precisamos ir logo, o ônibus sai daqui a trinta minutos.

— Lembra quando disse que tinha alguém que poderia nos ajudar? — balanço a cabeça afirmativamente. — Estamos indo pra lá.

Subimos, e, no primeiro andar, há três policiais desmaiados.

— Mas o que é isso aqui? — surpreendo-me.

— Viemos salvar você. Então, não reclame! — Henrique se explica.

Sorrio, e disparamos porta afora.

— Eu não posso correr, vou de táxi. Podem ir na minha frente, para não perderem o ônibus. — Henrique nos avisa. — Se eu correr, morro antes de chegar na rodoviária.

Há alguns Flams em cima dos telhados, observando-nos.

— O que são aquelas criaturas? — Renan as aponta, assustado.

— São Flams — respondo-lhe. — Trabalham para o cara que me quer morto.

— Por que eles não atacam?

— Deve ser porque são poucos, e, assim, eu os mataria fácil.

— Devem estar com medo.

— Medo é a última coisa que eles sentem — pondero.

— Vamos atear fogo neles? — sugere Renan.

Marina franze a testa, confusa.

— Ele começou um incêndio do outro lado da faculdade, pelos laboratórios — explico-lhe.

— Faz sentido, já que a universidade era gigante.

— Esperem um instante. Moro aqui, com alguns amigos. Vou pegar o Zippo para você, Daniel — Renan sobe as escadas de seu prédio.

Eu e Marina olhamos para os lados, nervosos. Não podemos ser pegos. De repente, Renan aparece muito mais rápido do que se foi e coloca três frascos do líquido na mochila que Marina havia me entregado.

— Está tudo aqui? — ele concorda com a cabeça.

Olhamos para os Flams enquanto começamos a correr.

— Tem muitos deles! — exclama Marina.

Entramos na Avenida Paulista, que estava praticamente vazia. Alguns carros passam de vez em quando. São três e meia da manhã. Vários Flams seguem em nossa direção. Acendo o Zippo e lanço rajadas de fogo neles.

— Corram! — apresso-os.

Renan puxa Marina, e ela grita.

— Vamos, Daniel!

Quanto mais corremos, mais Flams vêm em nossa direção; saem das ruas paralelas, saem dos prédios. Continuo jogando fogo neles. Alguns caem, outros saem correndo e esbarram em prédios. Quase somos atropelados por um carro, e, antes de o motorista tenta sair, Flams pulam em cima do carro e o amassam. Então, incendeio-os, e continuamos correndo no meio da Paulista.

Preciso parar esses Flams. Caso contrário, não poderei fugir e encontrar meu pai. Concentro-me, acendo meu Zippo, crio uma grande parede de fogo e a lanço Paulista adentro, contra todos os Flams que estão em nosso caminho. O fogo varre todos para longe, mas não é só isso: incendiei várias fachadas de prédios e carros!

As pessoas estão saindo dos seus prédios, correndo e gritando, com medo do barulho da explosão que causei.

Um viaduto despenca em chamas. Olho assustado para Marina.

— Uau! — exclama Renan.

Os vidros dos prédios caem no chão, e algumas árvores estão em chamas. Várias pessoas começam a aglomerar-se na avenida.

— Vamos! — Marina me puxa e corremos.

— Eles vão me pegar! — grito.

— Não vão.

Entramos por ruas adjacentes e aceleramos o passo.

— Estamos quase lá — Renan ofega.

Corremos por mais quinze minutos pelas ruas laterais e paralelas. Paramos para respirar. Meu coração está a mil, e parece que meus pulmões vão explodir. A rodoviária está praticamente à nossa frente. Henrique está nos esperando. Vamos até ele.

— Por que você pegou táxi? — Renan questiona. — Você perdeu o maior estrago que esse menino fez na Paulista.

— Eu estou doente. Por isso, vim de táxi — explica Henrique e, imediatamente, olha para mim. — Sério que você fez isso?

— Foi sem querer! — defendo-me.

Henrique balança a cabeça e sorri.

— Sempre queimando tudo.

— Mas o que você tem? — interrompe-nos Renan.

— Câncer.

Um silêncio desconfortável se espalha, até que Renan o quebra.

— Nossa, que pena. Sou de Sagitário, não combinamos.

Rimos dessa piada ridícula.

— Você precisa comprar a sua passagem, ônibus 34, linha PR45 — informa Marina, entregando uma cédula para Renan. — Vamos para o ônibus.

Entregamos as passagens e entramos. Depois de cinco minutos, Renan entra e se acomoda ao lado de Henrique, e o ônibus segue o seu rumo.

— Cara, por que vamos para uma cidade tão longe? — pergunta Renan.

— Porque eu vi que tem uma médium famosa na cidade — esclarece Henrique.

— Isso é sério, Henrique? — indaga Marina.

— Quantas horas de viagem? — interpelo-o.

— É sério, sim, porque Daniel precisa saber que caminho seguir para achar seu pai. E, até lá, são cinco horas de viagem.

— Pelo menos dá tempo de dormirmos um pouco — Marina se rende à decisão de Henrique.

Ela se aninha em meus braços. Cerca de quinze minutos depois, adormecemos. Estamos deixando tudo para trás, mas algumas coisas continuam a perseguir-nos.

XXI

— Chegamos — A voz de Renan nos acorda. — E estou morrendo de fome. Vamos comer em algum lugar.

— Primeiro, precisamos encontrar um lugar pra ficar — diz Henrique, bocejando.

Renan começar a retrucar, mas Marina o corta.

— Concordo com o Henrique. Comer pode esperar um pouco mais.

— Mas eu estou morrendo de fome.

— De quem foi a ideia de trazer esse cara? — destaca Henrique.

Renan parece não ter gostado muito e fecha a cara.

— Vamos andando — decido.

A cidade não é tão pequena quanto imaginávamos. Mas, por sorte, é muito calma. Andamos por mais ou menos trinta minutos e avistamos uma pousada. Henrique entra com Marina, que, depois de uns dez minutos, retorna com um sorriso no rosto, enquanto Henrique parece menos satisfeito.

— O que houve?

— Conseguimos um quarto com duas camas pela metade do preço — explica Henrique, irritado.

— Duas camas de casal — Marina completa, e nós dois começamos a rir.

— Vamos, pessoal — estimulo-os. — É só por uns dois dias.

Renan não está com a melhor cara.

— Se você chegar perto de mim, eu quebro a sua cara e esses seus óculos.

— Digo o mesmo —Henrique responde e emenda. — Mas o Daniel que vai fazer isso por mim.

— Calem a boca. Como vocês tem a masculinidade frágil!

Entramos e pegamos a chave do nosso quarto. Já de cara, a recepcionista nos lança um olhar intrigado por ver uma menina com três rapazes, no mesmo quarto.

Renan chega e se joga na cama. Depois que entramos, Marina tranca o quarto.

— Certo, agora nos mostre o que você foi buscar, Renan — Marina aponta para a minha mochila.

— Aqui está uma das melhores coisas já criadas — ele imprime um tom misterioso à fala e abre um sorriso enorme. — E eu estou te dando de presente, Daniel, pois você fará melhor uso.

— O que isso faz exatamente? — Henrique está curioso.

— Pega fogo com colisão. — Renan afirma. — Então, é só você jogar no chão, que o líquido criará fogo instantaneamente.

— Ótimo! — sorrio. — Obrigado, Renan, toda ajuda é bem-vinda.

— Tá, e agora, o que faremos? — Henrique retoma nosso dilema.

— Vamos atrás da médium que você disse que existe nesta cidade — opina Marina. — A polícia, a essa hora, já deve estar atrás de nós.

— Na verdade, só do Daniel — alega Henrique, olhando para mim. — Desculpa, amigo, mas o "criminoso" aqui é você. E tem mais uma coisa: eu não lembro, exatamente, onde é a casa da médium. Faz muito tempo desde que estive aqui.

— O que você veio falar com ela? — Renan se interessa.

— Foi ela que me disse que eu teria câncer e, por conta da doença, morreria.

— Você não vai morrer, cara —Renan tenta ser simpático. — Você está em boa forma.

Henrique estava pálido e magro. Renan bem que tentou, mas não conseguiu convencer nem a si mesmo.

— Vamos andar por esta cidade à procura dessa mulher. Preciso encontrar o meu pai.

— Por que você quer encontrar o seu pai? — Renan me questiona.

— Porque ele é a última pessoa que tenho da minha família. Ele tem mais respostas e pode me livrar dessa confusão de fogo.

— Vai querer abdicar do seu dom? — Renan faz uma expressão de espanto.

— Se for pra salvar todos, e Focus me deixar em paz...

— Mas vai devolver para ele? — Henrique parece alarmado.

— Não, não pensei nisso direito. Mas meu pai me ajudará com isso.

Renan dá de ombros.

— Por onde começamos? Esta cidade não é tão pequena quanto pensei. — aponto.

— Vamos olhar pelos postes — Marina sugere e, vendo nossa cara de desentendidos, explica. — Sempre tem aqueles cartazes, não tem?

— É verdade — Henrique concorda. — Então, vamos!

Saímos. Não demorou muito para encontrarmos um dos cartazes em um poste. Resolvemos ir até o endereço escrito.

— Como era o nome dela, Henrique? — viro-me para ele.

— Diana.

O portão estava aberto, e, nos fundos da casa, havia um grande cartaz.

— É aqui mesmo — digo.

Entramos, e Renan se antecipa.

— Por favor, queremos falar com a Diana.

— Um momento, por favor — pede uma moça baixinha, entrando numa sala.

Depois de um tempo, uma mulher mais velha sai da sala.

— Olá, meu nome é Selma, vocês procuram pela Diana, certo? É uma pena, porque ela viajou para a cidade natal dela.

— Mas ela demora muito a voltar? — tento saber.

— Acredito que ela fique por lá por, pelo menos, uns dois meses.

— Algum de vocês poderia nos ajudar com mediunidade? — Marina encara a mulher.

A senhora balança a cabeça negativamente.

— O portão ficou aberto por descuido. Estamos apenas limpando o espaço. Diana é quem cuida de toda essa parte.

Agradeço e me despeço. Henrique e Renan me seguem, e Marina fica para trás, conversando com a mulher.

— O que você estava falando com ela? — pergunto, quando ela se reaproxima de nós.

— Consegui o endereço de onde Diana está — Marina balança um pedaço de papel.

— Adoro você! — e dou um beijo nela.

— Menos melação — pede Henrique. — Vamos todos copiar o endereço, porque, caso a gente se desencontre, saberemos para onde ir.

— Ótima ideia! — Renan se entusiasma.

— Vamos voltar para o hotel e, amanhã de manhã, vamos até essa cidade — sugiro.

De repente, sem sinal nenhum, uma chuva começa a cair.

— Por que chover às quatro da tarde? — reclamo.

— Não sabemos, Daniel — Renan me devolve.

Chegamos, secamo-nos, e a chuva continuou muito forte. Comemos mais alguma coisa e descemos para a sala, onde vários outros hóspedes estavam sentados. Paramos para assistir ao jornal. Começa o noticiário, e, de cara, vemos notícias sobre a universidade, sobre a transferência dos alunos, sobre o incêndio da biblioteca, e, de repente, o pai de Marina aparece na tela.

— Meu Deus! — ela solta.

Daniel é um foragido da justiça. Ele é acusado de colocar fogo na universidade, em uma festa e na biblioteca onde trabalhava; e por mais de treze homicídios. E não podemos esquecer de seus cúmplices, Renan e Henrique.

Renan olha para mim, sorrindo, e dá uma piscada. Henrique põe as mãos na cabeça.

Feriram policiais na noite da fuga deles e, para completar, sequestraram a minha filha, Marina Neves.

Mentira. Marina está chocada, encarando a tela da televisão. Quando olho para a TV novamente, o delegado mostra nossas fotografias. *Se souber onde esses três estão, ligue para nós imediatamente. A vida de vocês está em risco, e a da minha filha também.*

Nossa foto continua lá na TV, e tudo acontece muito rápido. As pessoas que estavam conosco na sala se afastam, algumas gritando. Outras começam a mexer nos celulares, discando para a polícia.

Levantamo-nos e corremos. Renan segue para o quarto. A recepcionista está ao telefone. Passo por lá e arranco o aparelho da sua mão. Então, saímos na chuva.

— Vamos nos separar — proponho, enquanto Renan retorna com a minha mala. — Renan e Henrique vão para a direita, Marina e eu vamos para a esquerda.

Cada um segue para o seu lado, debaixo de uma chuva tão forte e cortante, que chega a machucar. Parece que está chovendo canivetes. Subimos uma enorme rua, que nos leva para o topo da cidade, e corremos em meio a praças e casas. No limite da cidade, há uma estrada de terra e uma floresta. Nossos pés afundam no barro da estrada, e, depois de passar pelo lamaçal, adentramos uma floresta.

— Mas que porcaria! — xingo. — Minha mochila ficou com o Renan, e o Zippo está dentro dela.

— Porcaria! — reclama Marina. — Que foi aquilo que meu pai fez?

— Quer cuidar da filha dele.

— Cuidar? — ela se enfurece. — Eu, sequestrada? Que absurdo!

— Pois é — concordo. — Não sei o que dizer, porque sou um foragido mesmo e um ferrado.

Puxo Marina para mim, e ela me beija. Continuamos andando, e a chuva vai diminuindo aos poucos, até cessar.

— Precisamos achar uma maneira de nos secarmos.

— Você não consegue mesmo produzir fogo?

— Não, acho que isso me mataria.

Ela concorda, e continuamos andando. Saímos da floresta e nos deparamos com uma área um pouco descampada. Marina se senta em uma clareira, e vou pegar algumas jabuticabas em uma árvore próxima.

— Pegue muitas! —Marina pede. — Estou com fome.

Rio e estico meu braço para subir mais alguns galhos. Meu bolso começa a tremer, meu celular está tocando. É Henrique.

— Alô! — é Renan quem está falando.

— Henrique desmaiou, mas ainda conseguimos entrar no ônibus que vai para a cidade daquela mulher.

— Henrique está bem?

— Sim, desmaiou de exaustão — esclarece.

— Cuide dele, por favor! — peço com certa urgência.

— Fica tranquilo. Mas, e vocês, onde estão?

— Em uma floresta. Mas daremos um jeito de encontrar vocês.

— Venham logo.

Renan continua falando, mas me volto para Marina quando noto que um carro preto vai na direção dela, com as siglas "N.E" na porta.

— Marina! — ela se levanta, e o carro para ao seu lado. Solto o celular e as jabuticabas.

— Você é a garota que foi sequestrada por aquele Daniel.

O homem pega Marina pelo braço e lhe crava os olhos. Outro homem põe um saco preto em sua cabeça. — Agora, você é nossa, mocinha.

Caio da arvore, e meu pé se torce.

— Marina!

O homem a joga dentro do carro, tira uma arma do seu coldre e atira em meu peito. Caio para trás com a força do tiro. O carro acelera, e consigo ver, ao longe, sumir com

Marina. Levanto-me e, assim que sou capaz de pegar o celular, vejo que está sem bateria.

Chego ao topo da clareira e vejo marcas de pneus, que, graças à chuva, ficaram impressas no chão. Vou seguir e encontrar o local para onde levaram Marina. Enquanto ando, sinto meu corpo eliminar as balas dos tiros que levei e as feridas fecharem-se. Continuo perdido em um campo, sem bateria, sem fogo, seguindo marcas de pneus.

A noite cai, e, com ela, vêm o calor e alguns insetos. Consigo seguir as marcas, pois a lua cheia ilumina toda a vista. Caminho há duas horas e, ao longe, consigo ver um galpão. Marina certamente está lá.

XXII

AGORA, PAI, FUI sequestrada de verdade. Ainda bem que Daniel se cura rapidamente. Espero que me encontre em breve. Este saco preto não me deixa ver nada lá fora, só ouço vozes de homens.

— Vamos ligar para o pai dela e pedir dinheiro pelo resgate! — propõe a voz ao meu lado. — Ou vamos ligar para o Júlio e contar que Daniel está vindo?

— Quando chegarmos no barracão, decidimos — define o homem que, provavelmente, está dirigindo.

O carro está muito veloz, e, por vezes, sou lançada para cima e bato a minha cabeça no teto.

— Só não nos mate! — brinca o homem ao meu lado, com uma voz calma.

— Isso foi muito fácil — vangloria-se o homem da frente. Sua voz é mais grossa.

— Me soltem, seus idiotas! — exijo.

— Cala a boca, menina! Não se meta na conversa — levo um murro na boca.

— Mas como vocês souberam onde a gente estava? — tomei mais um tabefe.

— Foi fácil — gaba-se o motorista. — Vocês estavam na cidade ao lado. Nossos informantes nos ligaram, e saímos atrás de vocês. Quatro crianças fugitivas. Estávamos atrás de Daniel, e, por sorte, quando iríamos entrar na estrada, vimos seu cabelo vermelho ao fundo e sabíamos que era você. E seu pai, sendo o delegado, podia nos conseguir uma grana preta por você.

— Será que aquele menino lá atrás morreu?

— O Incendiário? Daniel?

Incendiário... Muito engraçado esse apelido que deram para Daniel. O carro para. Os homens descem e, depois, puxam-me com brutalidade para fora do carro. Andamos um pouco, entramos em algum lugar, e sou amarrada a uma cadeira. Tiram o saco da minha cabeça, e vejo que estamos no meio de um barracão. Amordaçam a minha boca.

— Silêncio, ruiva. Silêncio.

Encaro-o, enojada. Ele é gordo. Não, ele é imenso.

— Danilo, fique de olho nela, enquanto faço algumas ligações — Danilo é o menino de voz calma que estava do meu lado no carro. — Vamos ver quanto esses dois olhos dourados valem.

O imenso vai para outra sala com outros dois homens. Estou no meio de um barracão, e Danilo se sentou na minha frente, olhando-me com seus olhos cinzentos.

Ele se levanta, pega um lampião, acende-o e o traz para perto de nós.

— Vai ficar escuro, e não quero deixar olhar para você enquanto posso, gracinha.

As horas passam, e os guardas são substituídos.

— Ligamos para seu pai, querida — conta o homem imenso, rindo. — Trezentos mil reais. Até que pagou bem por você! Daqui a umas horas, você estará livre.

— Júlio vai nos matar quando descobrir que o traímos.

— Quando ele descobrir, estaremos longe daqui.

Conhecendo meu pai como o conheço, ele não pagará esse valor. Um homem de cabelos loiros iguais aos de Daniel me vigia agora. Ele não para de fumar. Pela única janela que há no barracão, dá para ver a escuridão dominante lá de fora. Um barulho deixa o homem à minha frente em estado de alerta. Coisas caem lá atrás no barracão. Ele se levanta, pega o lampião e força a vista. Uma chama é puxada do lampião. Daniel.

O que é isso? — o homem deixa o lampião no chão e tira a arma do coldre. — Quem está aí?

O ponto de luz lá atrás aumenta, e Daniel aparece.

— Que diabo é isso? — o homem aperta o gatilho, mas a arma está vazia. Procura, então, pelas balas no bolso, enquanto uma chama vem em sua direção. O homem pega fogo antes de conseguir gritar. Daniel chega e aperta a boca do homem, que vai ficando cada vez mais preto. Assim que se queima completamente, Daniel o joga para o lado.

Daniel tira a minha mordaça.

— Obrigada — Daniel me beija.

— Vou tirá-la daqui.

Ele desamarra as cordas.

— Meu pai está vindo para cá.

— Se esconda lá atrás, Marina — ele me instrui. — Vou cuidar dos outros.

— Por favor, vamos embora — quase imploro. — Meu pai está vindo.

— Eles te machucaram! — ele se exalta, e eu vejo o fogo de raiva em seus olhos. — Quando eu terminar aqui, nós vamos.

— Não precisa fazer isso —afasto-me e busco um esconderijo.

Daniel pega o lampião e se senta no lugar onde estava o homem que me vigiava. Põe o lampião no chão e espera. As chamas do lampião tremem rapidamente. Daniel está com a cabeça baixa, esperando os homens aparecerem, o que não demora muito.

— Guilherme, o que foi essa barulheira? — questiona Danilo.

Silêncio. Os três estão se aproximam.

— Cadê a menina? — quer saber o homem imenso. — Me responda!

— Espera — pede o outro.

Daniel começa a puxar labaredas do lampião.

— Foi um erro vocês terem feito isso — declara Daniel.

Os homens pegam as suas armas, e Daniel levanta o rosto.

— Você deveria estar morto!

Daniel sorri, e as labaredas mergulham na direção dos homens. Suas armas caem no chão, e eles soltam gritos de dor. Vejo a dor nos olhos dos homens, a dor de serem queimados vivos. Vejo a sua pele derreter, desgrudando dos ossos. Deve ser uma dor horrível, infernal!

Estou tremendo. O fogo cessa, e Daniel, com uma voz serena, fala comigo.

— Vem, Marina.

Saímos, e carros de polícia chegam até nós.

— Fuja, Daniel! — ele discorda. — Por favor, meu pai está aqui. Eu encontro você na cidade com os meninos.

Ele se nega novamente.

— Não posso te deixar de novo.

— Por favor.

Ele, finalmente, aceita a minha proposta. Dou um beijo em seu rosto, e ele dispara, correndo pelo campo. Meu pai salta do carro ainda em movimento e grita com Daniel.

— Parado!

Daniel não para de correr, e meu pai vai atrás dele, dando tiros.

— Pai! — grito. — Para! Estou aqui, viva.

Meu pai para repentinamente e se vira para mim. Daniel está longe.

— Atrás dele! — meu pai ordena, e quatro carros de polícia partem atrás de Daniel. — Você está bem, Marina?

— Estou, mas eu não fui sequestrada.

— Não me interessa — ele responde, bravo.

— Você mentiu na televisão.

— Queria te proteger. Ele é o culpado, é um bandido.

— Ele não é. Eu o amo!

— Você está louca! Entre no carro, e vamos! — meu pai está com uma voz irritada.

— Eu vou atrás dele — afasto-me, mas um policial chega e me segura.

— Coloque-a no carro. Vamos para casa, Marina.

O carro parte, e, quando olho para trás, vejo grandes nuvens de fogo que se formam lá longe.

— Ele está sendo procurado pelo país inteiro.

— Por que você não vai prendê-lo então?

— Porque eu quero manter você a salvo — meu pai declara. — Não quero que você se machuque nem ande com um terrorista.

Fico quieta o resto do caminho. Daniel está vivo, e isso é o que importa. E eu vou encontrá-lo, sim.

XXIII

Estou correndo pelo campo, e quatro carros de polícia estão no meu encalço.

Acabei de encontrar Marina e a perdi novamente. Ela quer que eu a encontre na cidade, com os meninos, mas nem sei se eles chegaram lá; e eu nem sei chegar lá.

Tiros passam raspando por minha cabeça. Viro-me e espero o próximo tiro, porque é de uma faísca que eu preciso para gerar uma labareda. O primeiro tiro me atinge na barriga. Resisto, aumento o fogo e o jogo no carro mais próximo, que explode em pedaços. Com a mão, passo a chama pelos outros três carros, que voam pelo ar. Alguns policiais atiram, e, com as chamas, derreto as balas com um paredão de fogo, antes de chegarem a mim.

O campo em volta de nós está inteiro em chamas. Puxo todo o fogo para mim, apagando todos os destroços. As balas acabam, e faço uma cobra de fogo deslizar até os policiais que ainda restam. Eles, por um momento, resistem, mas, quando a labareda de fogo sobe pelo ar, eles fogem pela estrada, em direção ao carro do delegado. Não quero matar essas pessoas. Diminuo o fogo, mas deixo uma pequena chama em minhas mãos.

Para onde ir agora? Por onde começar para encontrar os outros três?

XXIV

Estou no ônibus com Henrique, que está desmaiado ao meu lado. Conseguimos comprar as passagens em cima da hora e pegar o ônibus. Antes de entrar, ele desmaiou.

Acabei de falar com Daniel pelo telefone, mas a ligação caiu, e não consigo entrar em contato com ele. Cai sempre na caixa postal.

Três horas de viagem até chegarmos à cidade da mulher que ajudará Daniel a encontrar o pai. Ou é isso que pensamos. Onde foi que Henrique nos meteu?

Daniel quer encontrar o pai dele para ter alguma dica de como parar Focus. E se o pai dele estiver morto ou não souber como deter esse homem? E quem é esse maníaco louco do Focus?

A chuva lá fora passou. Mais um pouco, e chegaremos à cidade.

— Oi. —Henrique está acordando.

— Tudo bem com você? Você desmaiou. Levei um susto, cara.

— Estava exausto e acho que estou pior do que estava, mas vou ficar bem.

— Você tem leucemia, não podia ter tomado aquela chuva. Tem o risco de desenvolver alguma outra coisa grave!

— Estamos ajudando o Daniel, e você não precisa me lembrar de tudo isso que eu já sei.

Concordo e deixo o assunto acabar ali. Estou em uma aventura com pessoas que conheci há menos de uma semana. Virei amigo do Incendiário, por conta do destino.

— Mas não morra, por favor.

— Tentarei! — Henrique sorri.

— Descanse um pouco, pois, na próxima cidade, está nossa pequena esperança.

Henrique concorda e se vira para o lado da janela. Passamos o resto da viagem em silêncio, e, quando chegamos, ajudo Henrique a descer.

— Vamos procurar uma pousada ou algo do gênero — afirma Henrique. — Já que não pagamos a última, temos dinheiro.

Com certeza, isso vai cair em nossas costas logo, estelionato ou algo assim. Mas quem está ligando?

As pessoas não nos reconhecem, não viram o jornal. Andamos um pouco e encontramos uma pequena pousada. Faço nossa entrada e pego um quarto para nós; desta vez, cada um em uma cama. Acomodo Henrique na cama e vou buscar alguma coisa para comer.

— Encontrei alguns boiscoitos e chá.

— Obrigado! — diz Henrique. — Mas, agora, vou dormir. Vá dar uma volta na cidade, para ver se encontra algo relacionado à mulher e se Daniel e Marina estão por aí, perdidos.

Saio do quarto e vou dar uma volta. A cidade é bem pequena, uma colônia de pessoas reservadas e bitoladas. Quase uma pequena vila, não fosse por uns três prédios ao fundo que tinham uma sombra de abandono.

O centro da cidade consiste em um prédio de porte médio, uma mercearia, uma farmácia, uma loja de roupas e outra de móveis, todas circundando uma grande praça com uma imensa igreja. Não encontrei nada de interessante. As pessoas me olham de lado, sabem que não sou daqui. Reparam, também, em minhas roupas um pouco sujas e em meu braço queimado.

Voltei para a pousada, jantei e encontrei Henrique ainda dormindo em sua cama. Deitei-me na outra e demorei para pegar no sono. Fiquei pensando onde Marina e Daniel estariam.

Acordei cedo com as tosses de Henrique. Perguntei se precisava de ajuda, e ele negou. Depois de um tempo, saímos para comer alguma coisa no refeitório da pousada. Henrique está muito cansado e voltou para o quarto, enquanto eu fiquei sentado na sala, lendo um livro e ouvindo a missa ao fundo. Depois de um tempo, retornei ao quarto. Fiquei observando Henrique dormir o dia todo.

— Renan — chamou Henrique entre tossidas, com uma voz cansada. — Preciso de um remédio para dor de cabeça.

— Vou procurar algo para você.

Peguei-o com a recepcionista da pousada e o dou para Henrique.

— Precisa de um médico? — sinto que Henrique está morrendo.

— Não. Eu estou bem, só preciso dormir — diz e se vira na cama.

Passei a noite preocupado e andando pelo quarto. Adormeci sentado, encostado na cama de Henrique. Pela manhã, Henrique acorda todo suado e com muita febre. Sinto que está próxima a sua morte.

Saio do quarto, fechando a porta, e sinto uma pontada no peito. Nunca fui amigo de Henrique, mas vê-lo morrendo na minha frente doí. Dói ver alguém ajudando os amigos e morrer por fazer algo decente.

Mais um dia, e nenhuma notícia dos dois. Passo boa parte do dia tentando falar com Marina ou Daniel. Será que estão bem? Será que estão vivos? A mala de Daniel com todas as suas coisas ficou comigo. Espero que não tenha sido preso nem morto.

Vou à rodoviária e fico esperando que algum dos dois desça dos ônibus. De tempo em tempo, vou até Henrique, que precisa de cuidados.

Pela tarde, resolvo voltar à rodoviária e encontro Marina pedindo informações.

— Marina! — chamo-a.

Ela se vira em minha direção e sorri. Corre até mim, e a abraço. Amizade feitas pelo destino. Levo-a para a pousada, e ela chora baixinho ao ver o estado de seu amigo.

— Daniel não chegou — comento.

Marina está chorando, sentada na cama, ao lado de Henrique.

— Ele está vivo em algum lu-lugar —soluça.

Ficamos em silêncio. Tenho tantas perguntas para fazer a ela, mas este momento não é o adequado.

— Onde Daniel se enfiou? Por que não está aqui?

— Fugi com Daniel, e uns bandidos me pegaram — Marina explica. — Depois de um tempo, Daniel me salvou, mas meu pai me pegou e me levou para a nossa cidade. Consegui fugir para encontrar com vocês.

— Mas por onde Daniel está? — pergunto.

— Ele conseguiu escapar do meu pai e dos policiais — Marina está mais calma. — Mas já deveria ter chegado aqui.

Concordo. Saio do quarto e vou tomar ar puro. Que confusão!

— Aquela moça ruiva... — a recepcionista introduz o assunto quando me vê. — Ela está com você?

Balanço a cabeça afirmativamente.

— O senhor precisa pagar uma taxa extra pela acomodação dela.

— Pode cobrar, que depois eu pago.

Ela concorda com a cabeça e se retira. Passo na cozinha e peço que três refeições sejam servidas em nosso quarto. Volto para lá, e, depois de alguns minutos, as refeições chegam. Comemos e tentamos forçar Henrique a comer um pouco, para recuperar as forças. No entanto, ele se nega e diz que sente dor.

— Ele vai morrer! — fala Marina, cabisbaixa. — Daniel tem que chegar a tempo de se despedir.

— Não encontrei a mulher, Marina — esclareço.

— Vamos sair para encontrar essa mulher então — determinada, levanta-se. — Vamos, Renan. Vamos adiantar as coisas.

— E Henrique?

— Eu vou ficar bem, podem ir — ele sussurra para nós.

— Tem certeza? — sondo-o.

Ele balança a cabeça. E, então, saímos atrás da mulher misteriosa.

— Aonde você já foi?

— Eu andei a cidade toda e não encontrei nada sobre ela, em nenhum lugar.

— Então, vamos sair perguntando por essa tal Diana – ela decide.

As pessoas na rua parecem ter medo de que nos aproximemos e negam com a cabeça quando perguntamos por Diana. Realmente, o povo é estranho. Chegamos ao centro e entramos na farmácia.

— Eu acho que já ouvi esse nome por aqui — relata o velho que está no balcão. — Mas por que precisam dela?

— Ela é minha parente — minto.

— Sei... Boa sorte em sua procura.

Entramos na loja de roupas e falamos com as mulheres que estão ali.

— Não conheço — uma mulher de cabelos pretos nos conta. — Você a conhece, Fátima?

Fátima, uma jovem de cabelos encaracolados, encara-nos por um momento e discorda. Agradecemos e saímos da loja

— Mas será que essa mulher existe mesmo? — questiona Marina.

— Espero que sim!

— Vocês aí! — olhamos para trás, e era a mulher de cabelos encaracolados. — Conheço a mulher que vocês procuram.

— Conhece? — Marina estranha.

Fátima balança a cabeça afirmativamente.

— Então, por que mentiu para nós? — Marina dispara.

— Eu menti porque as pessoas desta cidade têm uma mentalidade muito fechada.

— Você pode nos levar até ela?

— Posso, ela é a minha mãe.

— Ótimo! — surpreendo-me. — Quando podemos vê-la?

— Amanhã de manhã, encontro vocês aqui e os levarei até ela. Preciso avisá-la que vocês estão aqui, mas acredito que ela já saiba.

— Por que não hoje? — Marina deseja saber.

— Hoje, não dá.

— Fátima! — a outra mulher chama sua atenção.

— Preciso ir. Me desculpem — e, assim, voltou para a loja.

— Vamos voltar para o hotel e cuidar de Henrique.

Andamos em silêncio até a pousada, e um carro preto, um pouco destruído, está estacionado na frente.

Marina sorri e coloca as mãos no peito.

— Daniel! — corremos para a pousada.

— É uma menina ruiva, um menino de óculos magrinho e um com o braço queimado — ouvimos Daniel descrevendo-nos para a recepcionista.

— Não posso dar essas informações, elas são sigilosas.

Marina entra e pula nos braços de Daniel. Ele sorri e a beija, os dois aliviados do peso que os esmaga.

— Ainda bem que você está aqui! — ele me abraça.

— Onde está o Henrique? — ele nos indaga.

Abaixamos a cabeça, tristes. Pelo nosso olhar, Daniel entende que a situação do nosso amigo não é boa.

— Me levem até ele — pede tristemente.

XXV

Pela expressão de Marina e de Renan, Henrique não está bem. Abro a porta do quarto, procurando por Henrique. Ele está no chão do banheiro, vomitando no vaso sanitário.

— Henrique! — aproximo-me dele e me sento ao seu lado.

— Oi, Daniel — Henrique apoia a cabeça na parede cinzenta e fria.

Ele está pálido, muito fraco e com uma grande sombra em volta dos olhos. Marina chega ao quarto e cai de joelhos no chão. Renan a ampara.

Uma tristeza me invade. Nunca havia percebido como Henrique é importante para mim! Fecho a porta do banheiro e fico sentado no chão frio com ele, que parece delirar. Encosto a minha cabeça na parede fria. Estamos sós.

— Fique comigo aqui até eu morrer, Daniel!

Sinto um corte no meu peito ao ouvir essas palavras. Está chegando o momento. Henrique se volta para o vaso e vomita.

— Não sei o que fazer, Henrique.

— Não tem o que fazer, Daniel. Só esperar.

Sinto as lágrimas inundarem meus olhos.

— Obrigado por tudo, Henrique!

— Fomos grandes amigos.

Concordo e começo a chorar. Meu grande amigo está morrendo ao meu lado; muitos anos de amizade, de recomeços, brigas, aventuras, palavrões, bebidas, festas, meninas, depressões, conversas. Amizade não depende de sexo, de cor, de dinheiro, de idade ou de quaisquer outras coisas. É poder contar com a pessoa quando se está caindo, e ela estará lá, oferecendo salvação. É energia. É o que nos faz sentirmo-nos importantes, ter um lugar dentro do coração que não será tirado por pouca coisa ou rapidamente. É o abraço quente de que precisamos em um dia frio. É nosso segundo lar.

Mas, agora, estou perdendo o meu melhor amigo. Ele está morrendo na minha frente. Meu Deus!

— Quero que você fique, por favor.

Henrique balança a cabeça negativamente.

— Você é importante para mim.

— Daniel, você deve terminar isso, nem que seja sozinho. Mas prometa que achará seu pai e acabará com toda essa confusão — Henrique faz esse pedido com os olhos apagados.

Seguro meu amigo e o abraço. Ele está muito magro e sem forças para devolver o abraço. Ele apoia a cabeça em meus ombros.

— Quero que me prometa uma coisa, Daniel.

— Prometo, meu amigo.

— Nunca se torne o que Focus se tornou.

Fico em silêncio e choro.

— Prometo.

— Estou sentindo muita dor.

— Vou atrás de algum remédio forte para você.

— Não quero! — ele me impede. — Me deixe queimar e, depois, faça o mesmo com meu corpo.

Abro a porta, levanto Henrique e o coloco na cama.

— Preciso de duas moedas — Henrique nos avisa.

— Para quê? — apalpo meus bolsos.

— Para dar ao barqueiro — Henrique sorri.

Sorrio também e balanço a cabeça.

— Vou sentir falta do seu bom humor — seguro a sua mão e abaixo a cabeça.

Não há palavras perfeitas para isso, nunca fomos treinados para este momento. Tudo o que mais queremos é gritar, mas o grito sempre fica preso lá no fundo. O que nos atinge é uma dor, uma dor que queima todo o nosso peito, que abala qualquer ponto, que nos engana, parecendo que durará para sempre. Mas aquele momento é o sempre.

Henrique respira cada vez mais devagar. Sua mão segura a minha e, aos poucos, perde a força. Seu coração cansado se apaga. A única fagulha de vida que há nele ameaça desaparecer.

Henrique se foi. Renan cobre o corpo de Henrique com uma manta. Sinto Marina abraçar-me, e choramos a perda de nosso melhor amigo em uma comunhão de corações.

XXVI

Acordava a cada dez minutos, escutava Henrique me chamando, mas eram apenas pesadelos. Marina me contou que conseguiu fugir do pai contando mil e uma mentiras; que não suportaria ficar na cidade com seu namorado — sim, ela usou "namorado" — sendo acusado de todos os tipos de terrorismos, com as pessoas perguntando como foi o sequestro. E, para encerrar, mentiu que iria para a casa da avó, mas está aqui.

— Daniel, ele te acusou de tudo — Marina se indignou. — Destruição de patrimônio público, homicídio, sequestro, e, por ser um foragido, tua situação se complica ainda mais.

— E vocês, comigo — não dou muita bola para as acusações.

Agora que estou atrás do meu pai, irei até o fim. Renan dá de ombros para as acusações.

— Beatriz está morta, e Aline também.

Balanço a cabeça. Todo dia, pessoas estão morrendo por confusões minhas e de Focus. Aline, que ajudou minha mãe a cuidar de mim. Que triste! A cada dia, um tiro diferente.

Vamos ao encontro de Diana. Chegamos à praça no centro da pequena cidade, e a mulher morena, que deve ser Fátima, acena para nós.

— Oi! — cumprimenta-nos.

Marina se adianta.

— Vamos?

Fátima olha para os lados e pede que a sigamos. Algumas pessoas olham para nós das janelas das suas casas. A mulher que estava na frente da padaria nos encara.

— Por que eles nos encaram? — Renan estranha.

— Não sei — ela responde, e Marina dá uma olhada em Renan.

— Mais confusão! — exclama Renan.

Andamos por uma estrada de terra e deparamos com um pequeno chalé.

— É aqui —Fátima está apreensiva. — Vou chamar minha mãe, esperem um pouco aqui.

Fátima entra no chalé, que é todo decorado com várias flores. Pelo lado esquerdo, conseguimos ver os dois prédios que existem na cidade. Alguns pássaros cantam, pousados nas arvores do entorno. Nós três ficamos parados, esperando Fátima retornar.

— Espero que dê tudo certo.

— Vai dar — Marina segura minha mão, esperançosa.

— Força! — Renan me incentiva.

Surge na porta uma mulher quarentona, uma Fátima mais velha e bonita, de grande porte, de olhos castanhos profundos e brilhantes, com um sorriso amarelado confiante. Diana.

Um menino pequeno está agarrado à sua perna.

— Bom dia, meu nome é Diana. Soube que querem me ver.

Concordo com a cabeça, e Marina vai direto ao assunto.

— Daniel precisa encontrar o pai dele, e um amigo nosso nos informou que você pode nos ajudar.

Diana assente e nos convida para entrar. O chalé é aconchegante, simples e confortável. Todos os móveis são rústicos. Sobre eles, há toalhas de crochê.

— Sentem-se — convida, e nos acomodamos nas cadeiras da cozinha. — Eu estava esperando por este dia desde quando eu avisei ao menino Henrique sobre a morte dele. O dia em que minha linhagem acabaria para ajudar um garoto vermelho.

Marina sorri, e Renan finge uma tosse.

— Sério? — pergunto entre sorrisos. — Me diga a verdade, você pode me ajudar?

— Posso, mas, antes, me mostre o que sabe fazer.

— Será que é seguro? — sussurro para Marina, que segura a minha mão, olhando dentro dos meus olhos. Nos dela, enxergo as mesmas dúvidas que tenho.

— Confie em mim, garoto! — pede Diana, e Marina, com um olhar de entrega, afirma com a cabeça.

— Preciso de algo que inicie o fogo — falo para Diana.

— Você não sabe criar?

— Não, pois eu não tenho o dom total — esclareço.

Diana risca um fósforo. puxo o fogo para a minha mão e começo a brincar com ele. O menino, que continua colado à sua perna, sorri e põe a mão na boca. Fátima observa-me, fascinada. Diana sorri.

— É você mesmo! — abre um caderno e pega um lápis da estante.

Apago o fogo batendo as mãos.

— Vamos começar. Isso já foi o suficiente para mim — declara. — Você quer achar seu pai, não é?

Concordo. Ela coloca o caderno na mesa e começa a desenhar. Escuto algumas vozes e olho para trás.

Renan põe a mão no peito e, com a outra mão, faz sinal de que vai ver de onde vêm os sons. Marina se aproxima de mim. Formas estranhas surgem no papel. Ela para de desenhar e me mostra o caderno. Seus olhos estão molhados.

— Tenho quatro coisas para você — afirma Diana.

— Sim...

— Uma forca, desenhos sobrepostos, uma imensa cachoeira e uma muralha. Todos nessa sequência de acontecimentos.

— O que significam?

— Algo que você perderá; algo que você descobrirá; algo que esteve perdido por muito tempo e que você encontrará; e algo que você procura.

— O pergaminho... — murmurro. — Algo que eu encontrarei que está perdido.

— Nas cachoeiras do Iguaçu, pelo tamanho do desenho — e Diana balança a cabeça afirmativamente.

— O que vai ter debaixo daquelas imensas quedas? Mas por que algo de fogo estará debaixo de tanta queda d'água? — reflito em voz alta.

— É obvio — Marina se refere à minha declaração. — Para desafiar o dono do fogo a ir buscá-lo, para saber se é bom o suficiente. E quem um dia pensou que esconderiam algo de fogo lá?

— Então, vamos para lá depois daqui.

Ela continua olhando para mim.

— O último deve ser meu pai, mas, os outros dois, eu não sei.

Diana aponta para o desenho da muralha.

— Vocês devem ir para lá, para o Oriente.

— A Muralha da China — Marina logo entende a mensagem.

— Mas como vamos para lá? — levanto-me e pego o desenho. — Como eu vou para o outro lado do mundo?

As vozes aumentam em número e em intensidade.

— Mamãe, tem muitas pessoas lá fora — aponta o pequeno menino.

Renan abre a porta correndo e tenta nos alertar.

— Encrenca.

Saímos e encontramos várias pessoas reunidas na frente do chalé de Diana. Um homem careca, que deve ser o líder da bagunça, começa a falar conosco.

— Sua bruxa, já não mandamos você parar de fazer essas feitiçarias?

— Quem é você? — interrompo-o.

— Sou o Pablo. E você é o Incendiário, segundo as notícias que recebi.

— Deixem eles irem embora em paz — interfere Diana.

O grupo de pessoas começa a aumentar.

— Você matou aquele menino no hotel a mando dela? — Pablo aponta para mim.

Isso me pegou desprevenido, não achei que encontrariam Henrique.

— Não se preocupem, não falamos para ninguém que vocês três estão por aqui! — sorri e se aproxima de mim. — Aqui, fazemos justiça com as próprias mãos.

Os homens do grupo se aproximam.

— Vamos acabar com você, sua feiticeira; com toda a sua família e com esses terroristas também.

Rapidamente, os homens agarram Marina e Renan; Diana e sua família são amarrados.

— Deixem meus filhos em paz! — Diana tenta demover o homem.

— Vamos matar todos da sua raça — ele a rebate. — Não previu isso?

Diana abaixa a cabeça. Pablo me acerta com o cabo da arma, e caio, confuso. Duas pessoas me levantam, e sinto minhas mãos serem amarradas.

— Levem todos para o campo de enforcamento — Pablo ordena aos demais invasores.

Sou arrastado e escuto gritos, alguém chamando meu nome, choro e uivos de alegria.

Seguimos a estrada, passando por um caminho cheio de pedras e arbustos emaranhados, que vão me ferindo. Em seguida, passamos por um campo com flores brancas, onde sou erguido.

Soltam-me em um piso de madeira. Olho, e, a mais ou menos quatrocentos metros, a cidade está à minha frente. Atrás de mim, há um campo vasto de margaridas brancas. Sombras estranhas estão estampadas no chão. Acima de nós, vejo forcas. Na madeira, há uma casa de joão-de-barro, o pássaro preferido da minha mãe. Os outros são jogados ao meu lado.

— Coloquem eles em pé, na frente das forcas — Pablo orienta os demais.

Primeiramente, o menino; depois, Fátima, Diana e Renan. Faltava uma forca. Pablo olha para ela e, depois, para a multidão que se formou diante do palco de madeira.

— Vamos, ateie fogo nela! — as pessoas soltam gritos de aprovação. — Já que você gosta de fogo, você verá sua namorada queimar.

Se ele soubesse o que posso fazer...

— Mas, antes, vamos enforcar os outros.

Não. A multidão começa a aplaudir. Tento me soltar das cordas, e um grande homem me segura. Ele sente o desespero no meu olhar.

— Vamos acabar com essa linhagem de bruxas.

Tento criar fogo, mas nada acontece. Um medo invade meu coração. Diana volta a gritar. Fátima está aos prantos. Renan olha para mim, assustado. Um homem alto e musculoso pega Marina pelos braços e a joga para o chão. Debruço-me para vê-la.

— Estou bem — ela tenta me tranquilizar.

— Acabe com todos eles por mim, Daniel — fala Renan, tremendo e com lágrimas nos olhos.

— Vamos sair disso.

— Você vai.

— Que o primeiro seja enforcado! — determina Pablo, e o mesmo homem que empurrou Marina passa o laço da corda na cabeça do menino e o empurra.

O corpo do menino começa a tremer, e gritos terríveis de Diana invadem meus ouvidos. O tempo em que o menino ficou se agitando no ar parece ter durado séculos. Ver a mãe chorando pelo filho enforcado torceu meu coração.

O carrasco chega perto do corpo do menino e faz sinal de positivo para Pablo.

— O primeiro se foi! — anuncia Pablo, e a plateia insana vibra.

Diana e Fátima gritam em sua dor mais profunda. Desvio meu olhar. A multidão aplaude.

— A próxima! — Pablo, eufórico, avisa à multidão.

A corda é passada pelo pescoço de Fátima. Ouço o barulho do seu corpo ser atirado e mexer-se no ar. Olho para baixo, não quero ver isso.

Marina está chocada. Um homem idoso a segura pelos cabelos. Pelas sombras do chão, vejo os corpos balançando.

— Vocês estão gostando? — a multidão dá um grito de aprovação. Pablo sorri. — Agora, é a vez da bruxa!

Quase fico surdo com os uivos de felicidade.

— Daniel — ouço Renan chamar-me e olho para ele. — Sou o próximo. Por favor, me ajuda.

Diana olha para mim e fala entre soluços.

— Eu sabia que isso aconteceria. Vá atrás do seu pai e acabe com essa tortura, mesmo que não saiba todas as respostas.

E o carrasco a empurra. Vejo seu corpo oscilar como um pêndulo. Os outros corpos param lentamente. Todos estão gritando, aplaudindo, uivando, mas, para mim, tudo está silencioso. Vejo a corda da forca sendo passada pelo pescoço de Renan.

— Me perdoe! — peço-lhe.

— Obrigado por tu-tudo! — soluça.

Ele balança a cabeça, e é empurrado. Mais um amigo morto, mais alguém de quem gostei. Alguém que me apoiou nessa loucura por que passei. Mais um tirado de mim.

Seu pescoço quebra. Seu corpo balança sem vida, na minha frente. Sinto o frio da morte, um vento gelado sopra sobre nós.

— Agora, vamos ver a namorada do pequeno filho do mal pegar fogo.

Marina tenta livrar-se do velho, mas ele é mais forte do que ela.

— Me solta, seu maldito! — ela o chuta.

Ele a segura mais forte, e outro homem coloca pneus de carro em volta de seu corpo.

— Vamos jogar um pouco de gasolina para ajudar.

— MARINA! — grito, mas o carrasco me segura.

Pablo abre a gasolina e a despeja em cima de Marina, que fecha os olhos e tenta esquivar-se do banho. Tudo acontece em câmera lenta: vejo Pablo sorrindo, riscando o palito no fósforo da caixa e jogando-o em Marina.

O palito aceso a atinge, mas ela não pega fogo. Ela olha para mim. A pequena chama cresce e a puxo. Queimo as cordas que atam minhas mãos e meus braços. As pessoas correm de medo. A raiva me domina, e lanço fogo em todas as direções. Queimo o carrasco e ateio fogo nos corpos dos mortos presos nas cordas. Não merecem ser troféus de guerra.

Um homem de barba tira Marina dos pneus e aperta uma faca em sua garganta.

— Saia daqui ou vamos matá-la.

Encaro o homem, e, em um instante, ele está em chamas. Pego Marina.

— Você está bem? — questiono, e ela assente.

Digo que corra para longe. Ouço tiros e queimo as balas antes que nos atinjam.

— Daniel, Marina! — ouço uma voz familiar.

— Professor, o que está fazendo aqui? — é Marcelo.

— Segui o rastro de vocês e vim ajudá-los.

— Marina, vá com ele. Você pode se queimar. Vá tirar essa gasolina do corpo.

Ela vai começar a falar, mas a interrompo.

— Professor, leve Marina para um lugar seguro. Vou queimar essa cidade.

— Não precisa fazer isso, Daniel — ele põe sua mão em meu ombro.

— Leve Marina — disparo cidade adentro.

Lanço fogo em todas as pessoas por quem passo e queimo as casas que estão no meu caminho.

Pablo está reunido com vários homens e mulheres com armas, no meio da praça.

Abro os meus braços e incendeio todo o chão à minha volta, prendendo-os em minhas chamas. Tiros vêm em minha direção. O fogo domina a cidade, subindo por construções e prédios, correndo pelas ruas, lambendo tudo o que pode.

Cada vez mais, o fogo aumenta em torno desses malditos. Lanço labaredas nas casas próximas e aumento as chamas, para que cheguem às construções mais distantes. A cidade irá arder!

Pablo pula em minha direção. Intensifico as chamas, e as pessoas são consumidas pelo fogo. Ouço seus gritos, que cessam rapidamente.

Pablo está me encarando. Ouço o barulho do fogo consumindo as casas.

— Essa cidade vai arder juntamente com a minha ira.

Pablo está todo suado e com as roupas chamuscadas. Subitamente, caminha em minha direção. Incendeio-o, e, com as chamas em seu corpo, ele cai aos meus pés, morto. Uma árvore queimada me atinge nas costas. Caio e olho ao redor. Vejo Focus sorrindo.

Lanço fogo, mas ele some. Então, reaparece ao meu lado e me dá um soco. Perco-o de vista. Ahools surgem no céu, e vários Flams aparecem nos becos e nas ruas. Concentro-me, e grandes labaredas de fogo saem dos destroços. Ahools queimam. Flams correm em minha direção. De repente, existem vários Focus.

— O que é isso? Seu novo truque?

— Sim — respondem todos em uníssono.

Jogo fogo para todos os lados, mas o verdadeiro Focus também sabe controlá-lo. Sou jogado no chão e começo a apanhar. Uma labareda vem em minha direção e queima a maioria das cópias, mas é apagada quando alguns Ahools pulam em cima de mim.

— Daniel! — escuto Marina gritar.

Saio correndo para ajudar Marina. Com raiva, deixo rastros de fogo por onde passo, e, assim, os Flams me seguem.

O brilho da cidade em chamas é mais forte do que a luz do dia. Uma guerra no inferno, a própria porta do inferno. A cidade arde com o fogo, e uma fumaça negra começa a dominar o céu azul. Ouço Marina gritar novamente e vejo que ela corre em minha direção.

— Marina, você está bem? O que aconteceu com você?

— Eu é que pergunto. Você que estava me chamando.

— Eu não chamei, você me chamou.

Marcelo está subindo a clareira e chama nossa atenção. Corremos ao seu encontro. Focus pula de um Ahool, agarra a cabeça de Marcelo e quebra o seu pescoço. Seu corpo cai no chão. Eu e Marina nos paralisamos, chocados com a cena.

Percebemos que, subitamente, o que nos cercava mudou. Estamos em um campo de terra seca, com várias forcas ao nosso redor.

— Mas o quê?

E muda novamente. Estamos no meio de uma sala cheia de corpos.

— Onde estamos? — Marina questiona. — Focus não pode fazer isso.

Paro e fecho os olhos. Sinto o calor do fogo da cidade.

— É uma ilusão.

Labaredas vêm em minha direção e as seguro. A ilusão some e voltamos para o campo de margaridas. Focus está à minha frente. Parto para cima dele, mas vejo minha irmã. Congelo, e ela me dá um soco. Meu rosto vira, e, quando olho de novo, lá está meu irmão.

— Renato, o que está acontecendo? — seguro em seus ombros.

Ele me dá uma chave de braço. Caio no chão, gemendo de dor.

— Filho, você está bem? — ouço a voz da minha mãe.

— Daniel, o que você está fazendo? É o Focus.

— Como essa menina é boba, como eu poderia ser ele? — minha mãe me pergunta.

Apoio-me em seus ombros.

— Daniel, ele vai te matar! — alerta Marina, mas vejo minha mãe sorrir para mim.

Olho para baixo e noto uma faca em sua mão.

— Você sabe que eu não machucaria você — seguro em seu pescoço.

— Você não vai machucar a sua própria mãe, não é?

— Você não é ela.

Aperto seu pescoço com as duas mãos em chamas. A faca cai de suas mãos, e um sorriso se forma no rosto de Focus. Escuto Marina ao longe. Largo Focus e corro na direção de Marina.

— Daniel, saia da borda desse penhasco! — Marina fala sozinha.

— Marina, estou aqui — ela parece despertar de um sonho.

— Mas você estava ali. — diz, apontando para um penhasco.

Desço para perto dela e vamos até a borda. Lá embaixo, vejo um lago gigante com algumas grandes cobras dentro. Escutamos uma menina gargalhar. Olho para trás.

— A menina da festa. — Marina afirma.

A mesma que estava na festa do casarão com os Flams, olhando para mim.

— Você está junto com Focus! —aponto para seu rosto. — Quem é você?

— Sim — Focus aparece ao lado da garota. — Amanda, meu querido, e ajudarei Focus a conseguir o que foi tirado dele.

Os dois estão se aproximando de nós.

— As ilusões são você — aponta Marina.

— Espertinha — seus olhos brilham. — E, agora, está tudo acabado para vocês.

Marina segura em minhas mãos e olha para o penhasco.

— Você nunca encontrará seu pai, Daniel — declara Amanda, e Focus mexe as sobrancelhas. — Vai morrer sem encontrá-lo.

A expressão de Focus muda, e ele lança uma onda de fogo em minha direção. Marina e eu somos lançados penhasco abaixo, em direção ao lago das cobras. O impacto na água tira meu ar. Marina cai ao meu lado. Quando olho para cima, percebo que o penhasco não tem nem dois metros de altura. Estamos em uma poça de água. Era tudo ilusão.

— Marina, você está bem?

— Estou — põe-se em pé e observa a região a nosso redor. — Foi aqui que Marcelo me trouxe para me lavar.

— Que coisa mais estranha, Focus não quis me matar.

— Ele quer matar seu pai também, por isso ele deixou você fugir.

— Aquela menina está ajudando ele, ela é louca!

Paro e penso. Ele nos seguirá agora, para encontrar meu pai, matá-lo e matar-me.

— Vamos voltar para a cidade para pegar a minha mochila e cumprir a minha promessa.

Marina passa seu braço no meu e rumamos para a cidade em chamas. Preciso despedir-me de Henrique.

Chegando à cidade, pego minha mochila e o Zippo que ganhei de Renan. Henrique ainda está na cama, deitado, branco e frio. Retiro os frascos que Renan me deu e jogo um no chão do quarto. Quando o frasco cai no chão, o fogo, subitamente, começa a corroer a madeira do assoalho e todo o quarto.

A tristeza e a raiva me invadem de novo. Vou andando pela cidade, colocando fogo em tudo que ainda não foi queimado. Sinto a raiva dentro do meu peito. Você quer guerra, Focus? Você terá.

Uma grande ira toma conta de mim, algo está despertando aqui dentro. Queimo tudo o que posso, nada fica ileso. Retiro o corpo queimado de Renan, que está pendurado, e o deito no chão. Junto com Marina, entro no campo de margaridas, e vamos à procura de meu pai. Retiro o desenho do meu bolso e o mostro para Marina.

— A forca era pro Renan, os quadrados sobrepostos eram sobre a ilusão. Agora, temos que ir para as cataratas e, depois, para a muralha. Mas como?

— De avião — responde Marina. —Simples.

— Como posso sair do país, sendo procurado por todos?

No mesmo instante, Marina tira do bolso alguns documentos.

— Marcelo trouxe identidades e passaportes falsos para nós quatro, mas só restamos nós dois.

Pego um passaporte de sua mão.

— Sou Eduardo e estou com cabelo preto.

— Depois, damos um jeito nesse cabelo. O meu nome é Aline.

— Mas não temos dinheiro para comprar as passagens.

Marina me surpreende novamente, lança outro sorriso e me mostra um cartão de crédito.

— Marcelo me deixou com o cartão para comprar nossas passagens on-line, quando eu disse que tínhamos que ir para a China.

— Como ele sabia que precisaríamos disso tudo? — Marina dá de ombros e não se detém nas possibilidades. — Então, só temos que comprar as passagens.

— Sim — e me dá um beijo. — Só temos que tomar cuidado com as identidades falsas e não deixar que ninguém as note.

— Vamos para Foz de Iguaçu, ver se o pergaminho e Diana estavam certos. Depois, compramos nossas passagens e vamos para a China.

Marina assente e pergunta:

— O que você acha que deve ser a joia do fogo?

— Não sei. Talvez um anel, um bastão... — conjecturo. — Uma pulseira, quem sabe?

— Não acha isso óbvio?

— Veremos o que é quando a encontrarmos — concluo. — Espero encontrá-la!

— Vamos encontrá-la!

Andamos um pouco e saímos numa estrada de terra. Um Chevrolet está parado na beira da estrada que entra para a cidade. Duvido que o dono do carro se importará de emprestá-lo. Marina já entrou no carro e fez uma ligação direta.

— Mas o que foi isso, Marina?

— Ai, Daniel, como você é lerdo às vezes! — ela revira os olhos. — Vamos, eu dirijo.

Entramos no carro e partimos em direção a Foz de Iguaçu. Ao longe, conseguimos ver a nuvem densa de fumaça da cidade em chamas. Está queimando freneticamente, com o fogo da minha ira.

XXVII

Chegamos a Foz de Iguaçu, e Daniel quer ir diretamente ao Parque Nacional, encontrar a joia e fugir o quanto antes do país, para não sermos presos. Concordo com ele, e, chegando lá, vamos até a bilheteria.

Somos bem recebidos em várias línguas diferentes. Sorrio e agradeço.

— Dois bilhetes, por favor — peço.

— Brasileiros? — a moça pergunta.

— Sim.

— Estão com um documento de identidade? Vocês ganham cinquenta por cento de desconto!

Pego as identidades falsas e as mostro para ela. Ela sorri para mim e me devolve. Pago os ingressos, e vamos para a Estação do Centro de Visitantes.

— Marina, Diana falou que a joia está embaixo das quedas.

— Vamos dar um jeito de chegar lá embaixo.

— Mas são mais de 275 quedas aqui no parque!

— Com certeza, deve estar na Garganta do Diabo — comento, analisando o grande mapa do parque afixado à parede.

— São 80 metros de altura, e as quedas d'água são muito fortes!

— Daremos um jeito — puxo Daniel, e embarcamos no ônibus do parque.

Do ônibus, conseguimos ver as belezas naturais do parque: vários animais e uma flora fantástica. O guia sempre acompanhava o grupo e traduzia o que lhe era solicitado. Vemos alguns belos pássaros voando e quatis correndo ao lado da estrada. Algumas pessoas pararam para fazer a Trilha do Poço Preto, uma aventura de nove quilômetros que, se eu e Daniel tivéssemos tempo, talvez fizéssemos.

Fazemos uma parada para o passeio do Macuco Safári, que é o passeio de barco perto das cataratas. Olho para Daniel, e ele pisca para mim, insinuando que venhamos para cá mais tarde. Um pouco mais à frente, há um passeio ecológico na Trilha das Bananeiras.

Mais um pouco dentro do ônibus, paramos na trilha para as cataratas. Santos Dumont sugeriu que o Iguaçu virasse um parque nacional. Uma das Sete Maravilhas Naturais do Mundo aqui perto de mim, perto de casa, no nosso país. É gente de todo o lugar que vem aqui no Parque. O passeio pelas trilhas tem 1200 metros e permite ver as quedas d'água de vários ângulos. Andamos mais um tempo.

— Vamos lá para a frente, dá para ver uma das quedas bem de perto.

— Espaço Naipi — falo, lendo o folheto.

— Uau! Que gigantesca, que força —Daniel exclama quando chegamos.

— Uma magnífica obra da natureza — comento. — Se chama Salto Floriano. Incrível, não é?

Daniel balança a cabeça, e nossas roupas começam a encharcar-se. A queda d'água é sensacional e forte. Isso nos mostra como a natureza está viva, que ela também tem sua força.

— Vamos para o meio do rio, pela plataforma. — Daniel me conduz pela plataforma.

— Isso aqui é incrível! — destaco, animada. — Olha a imensidão dessas quedas! São lindas demais. Uma obra perfeita da natureza.

Do lugar em que estamos, conseguimos ver um pouco do rio correndo lá embaixo. Lá na frente, está a famosa queda Garganta do Diabo. Várias gotas flutuam no ar, e diversos arco-íris se formam no espaço à nossa frente.

— Sensacional! — exclama Daniel. — Quero ir lá embaixo depois de ver essa cena.

— Não está com medo?

— Não, quero ver bem de perto essa imensidão.

Sorrio, e Daniel me beija.

— Vamos comer alguma coisa — ele propõe, e eu aceito.

Daniel está um pouco quieto. Vamos até o restaurante que fica no parque e preferimos comer alguns sanduíches a escolher um entre mais de 40 tipos de pratos diferentes. Pegamos uma mesa do lado de fora e começamos a comer.

— Você está muito quieto hoje — falo.

— Estou um pouco cansado e preciso encontrar a joia perdida e meu pai.

— Sim, eu sei. Mas é só isso?

— Sim, Marina — responde-me e me dá um sorriso. — Também fico pensando em que essa joia me ajudará.

— Vamos pegar aquele passeio de barco, o Macuco.

— Vamos roubar um barco, você quis dizer, não é? — Daniel questiona, malandro.

— Não é bem roubar — defendo-me.

Devoramos todos os sanduíches e tomamos muitos copos sucos. Pagamos a conta e descemos para o espaço Naipi novamente. No caminho, uma mulher aponta para Daniel. Desviamos do seu campo de visão e seguimos para o começo da Trilha das Cataratas.

— Temos que retirar nossas passagens — recordo-me.
— Vamos ao hotel ali na frente e vemos se eles podem me ajudar. Você fica e se esconde em algum lugar, porque você já foi reconhecido.

— Vou ao banheiro — passa a mochila para mim e corre naquela direção.

Escolho o caminho oposto e vou até o hotel. Converso com o recepcionista, que, depois de ouvir a minha triste história, chama o gerente. Então, replico a história.

— Amanhã, vamos para a China. Perdemos nossas passagens e precisamos retirar outras, mas não temos outro lugar mais próximo com internet — conto, olhando para o gerente, que tem, aproximadamente, 40 anos e se chama Jean. — Vim aqui pedir a ajuda de vocês, saber se poderiam me emprestar um computador para retirar as passagens.

— Sim, claro! — ele concorda educadamente. — Podemos emprestar, sim.

Sorrio, e ele me leva até um escritório.

— Qualquer coisa, é só chamar — sai e encosta a porta.

Retiro as identidades, os passaportes e o cartão de Marcelo da mochila. Em seguida, procuro por passagens para amanhã. Temos que conseguir achar essa joia hoje, porque temos de fugir deste país o quanto antes. Busco voos baratos e com menos paradas em aeroportos. Todos os sites estão com preços absurdos, mas, mesmo assim, compro as passagens. Afinal de contas, ninguém pagará essa fatura mesmo. Compro duas passagens para amanhã, às duas horas, saindo do aeroporto aqui de Foz e indo para

Guarulhos, em São Paulo. Espero que não aconteça nenhuma confusão em São Paulo. Seguiremos, então, para Hebei, na China.

Aproveito e pego alguns cartões com números de táxi e os coloco na mochila. Imprimo os papéis que comprovam o pagamento das passagens, saio do escritório e agradeço ao gerente. Vou encontrar com Daniel.

Saio do hotel, sorrindo, e vejo Daniel sentado em um banco embaixo de uma sombra.

— E aí? — ele me interpela.

Sorrio e bato na mochila às minhas costas.

— Estão aqui.

— O parque vai fechar daqui a meia hora. Precisamos nos esconder em algum lugar — Daniel se levanta e pega a mochila.

Andamos até a entrada do passeio do Macuco, mesmo sabendo que não nos deixarão entrar, pois os passeios já estão encerrados. Sugiro que nos escondamos mata adentro, e, então, ele me segue.

— Isso vai ser uma loucura! — exclamo.

— E das grandes.

O sol está indo embora, mas o calor não diminuiu, e os mosquitos picam minhas pernas e as deixam vermelhas.

— Acho que já podemos ir — Daniel pondera depois de termos ficado quase duas horas esperando.

— Melhor esperar escurecer — sugiro. — Assim, será mais difícil de nos verem.

— E como vamos enxergar o rio e as cataratas no escuro?

— Você usa um pouco de fogo, Daniel.

— Mas ele vai apagar.

— Vai apagar se você fizer um fogo fraco. E, se formos agora, podem ver a gente e ir atrás de nós com helicópteros. Você e eu seríamos pegos, e acabou história de joia e história de ir para a China encontrar seu pai.

— Calma! — pede Daniel, erguendo as mãos.

— Você devia saber esperar um pouco, Daniel.

— Não quero brigar! — dirige-me um olhar cansado.

Concordo e esperamos o sol esconder-se. E o tempo passa arrastado.

— Vamos! — falo.

Daniel se levanta, e descemos pela estrada de terra. São dois quilômetros de trilha de terra até chegar ao local onde ficam os barcos. O calor da noite é insuportável. Estou suando muito, e meu cabelo está todo grudento. Que ódio! Escutamos alguns pássaros piando, e alguns animais passam correndo à nossa frente, na trilha. Levamos um susto dos animais que surgem subitamente e rimos de nós mesmos.

Chegamos a uma plataforma, onde encontramos coletes salva-vidas e os barcos de passeio. Daniel vai direto para o barco. Pego um colete salva-vidas e o visto. Pego outro e me aproximo de Daniel.

— Coloca — peço.

Ele olha com uma cara de desdém.

— Não quero que ninguém morra afogado nessas quedas gigantes, entendeu?

— Não precisa.

— Precisa, sim! — e amarro o salva-vidas em Daniel.

Olhamos para o barco, e ele está preso com uma corrente. Não sairá daqui sem a chave.

— Vou derreter isso — resolve Daniel.

Ele puxa seu isqueiro e, com as mãos em chamas, segura as correntes até derreterem. Entramos no bote e estudamos os comandos.

— Eu fico aqui — informo Daniel. — Vá na frente, para iluminar o nosso caminho.

— Vou deixar a mochila aqui, na plataforma, para ela não molhar ou não cair no rio, e não perdemos nossas coisas.

Concordo, e ele joga a mochila na plataforma. O céu está escuro, e conseguíamos ver pouco à nossa frente. Puxo a alavanca de acelerar, e o barco dispara em direção às quedas. Daniel cai no chão do barco, e me desculpo.

— Não foi nada — ele vem para o meu lado na cabine.

O bote é muito rápido, e, em menos de dez minutos, estamos na entrada das quedas. Eu paro um pouco o bote. O barulho das quedas é intenso. Daniel acende o isqueiro e mantém uma chama em suas mãos. Joga uma bola de fogo na direção em que devemos seguir.

— Vamos por lá — e repete a ação.

Começamos a nos encharcar, e as chamas nas mãos de Daniel apagam. A correnteza do rio está forte, mas o bote resiste bem, e continuamos o percurso, navegando em direção às quedas. Passamos pela plataforma em que estávamos mais cedo, no Espaço Naipi, em direção à Garganta do Diabo. Está frio aqui, no meio das quedas d'água. Estou molhada da cabeça aos pés.

Daniel está na frente do bote, acende o fogo em suas mãos e ilumina a nossa visão frontal. Vejo as gostas evaporarem quando tocam o fogo.

— Onde ela deve estar? — grita para mim, pois o barulho das quedas é muito alto.

— Espero que esteja lá na frente, como Diana falou que estaria — lembro do que ela disse. — Encontraria algo que estava perdido embaixo de uma grande queda d'água.

Daniel olha para mim e se vira para frente. O fogo ilumina bem nosso caminho, mas, a cada vez em que nos aproximamos das grandes quedas, perde um pouco a força. As quedas vão ficando mais estrondosas. Parece que mergulhamos em uma piscina de gotas. O fogo de Daniel está fraco e, com a luz que emite, forma pequenos arco-íris à nossa volta. Com a força e a velocidade deste bote, em dez minutos, estaremos embaixo da grande queda, da mais forte delas.

Uma luz pequena brilhar atrás da Garganta do Diabo. Sorrio. Daniel olha para mim e, com mais força, pressiona suas mãos. O fogo se expande, limpa um pouco as gotas e ilumina, mais intensamente, o nosso caminho.

As quedas ao nosso lado ficaram mais fortes, acordaram. A força é magnífica. Não temos ideia de quão grandes são, vendo daqui de baixo. De longe, percebemos que são imensas e confirmamos a estrondosa criação da natureza. Vistas deste ângulo, têm o dobro de volume.

— Vamos para lá! — movimento a alavanca, acelerando.

O bote pula em direção à luz. Acelero, mas a correnteza está cada vez mais forte. Somos sacudidos pela força das águas. Daniel força o fogo à frente do bote. A luz está mais próxima, e vemos a real imensidão da queda. Paro um pouco o bote, que fica se sacudindo, sem parar, no meio da correnteza.

— Calma! — Daniel lança mais fogo.

Ele controla as serpentes de fogo e cria círculos para iluminar mais e afastar as gotas de água. A luz está intensa embaixo da Garganta do Diabo.

— Como vamos entrar ali? — eu grito. — A joia está atrás da cachoeira.

— Vou tentar usar a minha força máxima, você entra e pega a joia — Daniel planeja, tentando sobrepor a voz ao barulho. — Deixa o motor acelerado no máximo.

Estou extasiada com o barulho, com a imensidão das quedas e muito encharcada.

— Se aproxima — ele orienta, e vou acelerando devagar.

São toneladas de água caindo. Se Daniel não conseguir, eu morrerei esmagada pela força da água. Ele lança as chamas na direção da queda, que abrem uma pequena passagem. O brilho fica mais limpo. Acelero e chego embaixo da passagem da queda d'água.

Ele está com um dos joelhos no chão do bote, lançando fogo para cima, evaporando toda a água que cai. Seu rosto está vermelho, e seus músculos estão todos rígidos.

— Vai! — ele comanda.

Solto os controles, coloco a mochila para manter a aceleração, e vou para a frente do bote. Olho para cima e vejo os 80 metros de queda d'água em cima da minha cabeça. Pulo do barco e caio dentro de uma caverna atrás da queda. O barco se afasta um pouco pela força que fiz ao saltar, e a passagem se fecha novamente. A caverna é grande e úmida e não contém nada além do brilho. Olho para o brilho e percebo uma pequena flor, um lírio branco.

O lírio nasceu entre uma fenda das pedras no chão. É a única coisa dentro da caverna, a única flor que nasceu lá. Toco-a, e ela pega fogo, mas não se queima. O seu toque é frio, e suas pétalas estão em chamas. Uma energia boa invade meu corpo, e me sinto mais viva, mais forte. A joia de fogo é uma flor, mas para que servirá? Seguro-a em minhas mãos com toda a força e me aproximo da queda. A passagem se abre e se fecha novamente.

— Daniel! — chamo, e a passagem se abre.

Daniel pede que eu seja rápida. Concentro-me e pulo no barco. Minha perna direita escorrega, e, se não fosse por Daniel, eu cairia no rio. A queda tem força, e o barco anda um pouco para frente. Estamos no meio da Garganta do Diabo. Daniel vomita no barco. Pego a flor e a entrego para ele.

— Uma flor! — ele ri. — A gente veio para cá por causa de uma flor?

O lírio se fecha até virar um broto. A chama não se apaga em nenhum momento. A chama dança no broto. Daniel desmaia, exausto, no meio das maiores quedas do mundo. Pego a flor em chamas.

— O que você faz? — grito, assustada. — Daniel, aqui não é lugar para desmaiar! — sacudo-o e bato no seu rosto.

Uma das pétalas da flor se solta e para de queimar. Pego a pétala e a observo. Tem uma cor avermelhada e emite uma fragrância doce e gostosa. Involuntariamente, coloco-a na minha boca. Tem um gosto bom. Pego uma pétala e a coloco na boca de Daniel. Vou retirando todas e faço a mesma coisa. As pétalas derretem em sua boca. Se foi um erro, eu não sei, mas alguma coisa tinha que ser feita com essa joia. Quando retiro a última pétala, o caule brilha, e um fogo branco explode em forma de um globo, e as quedas secam por um momento.

O barulho das cataratas some subitamente, e consigo ver as rochas que estavam escondidas atrás das quedas por um momento. A correnteza nos leva rio abaixo, e vejo, lá no alto, as águas tornarem a cair. O barulho da natureza volta a reinar novamente. Deixo Daniel deitado, vou para o comando do bote e acelero, saindo do meio das quedas. Com a ajuda da correnteza, chegamos mais rápido à entrada das cataratas.

Paro o barco e começo a chorar, chorar pela adrenalina vivida, pelo medo de morrer no meio daquelas quedas, chorar por nada, chorar por bobeira. Chorar pela vitória. Daniel acorda e se senta. Olha para mim e sorri.

— Conseguimos! — afirmo. Ele vem em minha direção e me abraça.

— Sim! Agora que temos essa flor, veremos para que ela serve.

— Eu fiz você comer a flor.

— O quê? — ele mexe a boca. — Bem que eu senti um gosto doce.

— Fiz você comer. Eu não sabia para que ela servia, mas, depois da última pétala, as cataratas secaram por um momento.

— Nossa! — surpreende-se. — Então, espero que ela se mostre útil agora.

— Sim — concordo.

— Não acredito que comi a joia que quase morremos para conseguir.

Dou de ombros e sorrio, incrédula com o que eu fiz.

— Vamos sair daqui — ele propõe.

Puxo a alavanca, acelerando. Procuro a plataforma flutuante para pararmos. Daniel pega a sua mochila novamente, ajuda-me a sair do bote, e, rapidamente, subimos pela trilha pela qual entramos nas cataratas. Tiramos os coletes salva-vidas e os deixamos pendurados em uma árvore do caminho.

— Será que alguém vai acreditar que ficamos embaixo de uma das maiores cachoeiras do mundo? — Daniel me questiona.

— Sinceramente, ninguém vai acreditar! — respondo, e ele ri.

— Henrique ia adorar isso aqui!

— Sim.

— Espera — ele pede. — Por que estamos molhados? Vamos nos secar.

Puxa seu isqueiro. Uma labareda o engole, e ele se seca rapidamente.

— Parece que meu fogo está mais vivo, mais pesado, mais fluido.

— Isso é ótimo! — falo, e Daniel me abraça.

Sinto o calor irradiar de seus braços. Vejo a água evaporar do meu corpo e das minhas roupas em um instante.

Subimos a trilha, esgueiramo-nos pela entrada do passeio Macuco Safári e andamos em direção à recepção. Corremos até chegarmos à frente da entrada do parque. O carro que roubamos não está mais na vaga em que o deixamos.

— Marina, você deixou o carro na vaga de táxi? Porque acho que ele foi guinchado!

— Tenho uns cartões de táxi que peguei no hotel.

Pego os cartões e, no orelhão mais próximo, disco a cobrar para os táxis. A maioria dos motoristas não me atende e desliga ao perceber que a chamada é a cobrar. Daniel começa a rir, e eu também rio da situação.

— Tenta de novo — ele diz.

Disco. Um homem atende à ligação e me xinga por ligar a cobrar. Peço para ele não desligar, que eu pagaria a mais se ele viesse nos buscar aqui, na entrada do parque. Ele finaliza a ligação.

— Acho que deu certo agora — conto, e Daniel fica abraçado comigo.

Esperamos por vinte minutos, e um táxi para na rua. Corremos em sua direção e entramos no carro. Então, tento explicar a situação para o senhor de idade que estava dirigindo.

— Eu perdi meu celular, e, a essa hora, não tinha nenhum lugar aberto para eu comprar cartão telefônico. Me desculpe! — ele só balança a cabeça.

— Tudo bem, sem problemas. Para onde vocês vão?

— Aeroporto — respondo.

O senhor dá a volta com o carro, e partimos. Sentada no banco de trás do táxi com Daniel, deixamos o Parque Nacional do Iguaçu. Pego as notas de dinheiro, pago ao taxista e dou um dinheiro a mais pela inconveniência de antes. Entramos no aeroporto.

— Me espere naquele banco, vou à farmácia — peço a Daniel.

— Vou junto.

— Não, fica aí, que eu já volto.

Daniel acata meu pedido e se senta no banco, com a cabeça baixa. Graças a Deus, existe farmácia 24 horas dentro deste aeroporto! Compro vitamina C, escova de dentes, pente, uma tesoura e tinta de cabelo preta. Pago tudo e vou ao encontro de Daniel com uma sacola.

— Comprei tintura de cabelo.

— O quê?

— Você precisa pintar esse cabelo loiro. Marcelo fez seus documentos falsos com seu cabelo sendo preto.

— Sacanagem.

— Pare de reclamar, e vamos achar um banheiro. Você não pode ser preso.

Sorrio, e Daniel me olha com uma cara desconfiada. Levanto-me, puxo Daniel para o banheiro infantil e tranco a porta.

— Vamos pintar esse cabelo.

XXVIII

— **Você ficou bem** de cabelo preto. — Marina passa a mão em meu cabelo negro.

— Está diferente.

— Claro, você mudou a cor — Marina revira os olhos. — Vou cortar um pouco o meu, está muito comprido.

— Estamos trancados dentro de um banheiro de um aeroporto. Daqui a pouco, alguém vem aqui ver se a gente está bem.

— É rápido.

Marina começa a cortar seu cabelo com uma pequena tesoura. Suas mãos são hábeis e rápidas. Deixa o cabelo um pouco abaixo dos ombros.

— Pronto, assim está bem mais curto que antes — e prende o cabelo em um pequeno rabo de cavalo.

Lavamos os rostos e saímos.

— Posso ser preso, e nunca conseguiremos embarcar.

— Relaxe, Daniel, você já aprontou tanto, que embarcar vai ser fichinha.

— Fichinha! — sorrio.

Marina foi trocar as passagens, enquanto me sento em um banco e a observo. Ela volta com as passagens. Entrelaçamo-nos e dormimos no aeroporto. Somos acordados com os barulhos dos voos que chegam e partem. Vamos até uma lanchonete e compramos café e pão de queijo.

— Vou ao banheiro. — diz Marina.

Abaixo a cabeça. Ainda bem que pitei meu cabelo! Assim, não chamo muita atenção. Infelizmente, perdi meus cabelos dourados!

— Você parece o menino do noticiário — afirma uma idosa, sentando-se ao meu lado. Congelo, olho para ela e sorrio.

— Se eu tivesse cabelo loiro, eu pareceria mais! — minhas pernas começam a tremer.

— Sim, ele está fugindo pelo país — ela continua. — Por que ele colocaria fogo em todos os lugares que passa?

Balanço a cabeça.

— Não sei.

— Um malandro, isso sim. Tem que morrer na cadeia.

— Daniel, vamos! — Marina aparece na minha frente.

Os olhos da velha se abrem. Ela começa a gritar, e o aeroporto para e a encara.

— Marina.

Sua voz se engasga, e ela começa a passar mal, como se fosse infartar. Alguns seguranças vêm ajudá-la.

— Com licença — pede um deles. — Vamos chamar os paramédicos.

Saímos dali o mais depressa que podemos. Nosso voo está chegando.

— Qual é o portão, Marina?

— A partir de agora, me chamo Aline, e você, Eduardo. O portão é o C. Você se esqueceu!

— Desculpa!

— Então, estamos perto, não é, Angélica?

— Aline — Marina me corrige.

Mostramos as passagens e os documentos. Passamos pelo detector de metais, e ele apita.

— Retire tudo que você tem no bolso.

— Só tenho o Zippo e algumas moedas.

— Você não pode levar esse isqueiro com você.

— Vou pôr na mala.

A mala passa pelo raio-X, e tudo está limpo. Passamos, e só falta embarcar. Dentro do avião, acomodamo-nos um ao lado do outro. Na pequena televisão de cada poltrona, começa a passar o jornal, e lá estou, com meus cabelos loiros, sendo massacrado novamente.

Esse jovem é um perigo para a sociedade, deve ser detido o quanto antes. Todos os que estão com ele correm perigo!

Os jornalistas e as pessoas começam a rasgar meu nome na televisão. Mostram a minha casa, a faculdade, a biblioteca...

Abaixo a minha cabeça e a encosto nos ombros de Marina.

— Vai dar tudo certo! — ela sussurra em meu ouvido.

Mas não sei se dará. Não sei o que farei da minha vida depois que resolver tudo isso.

E o avião começa a decolar. Chegamos ao aeroporto de Congonhas em menos de duas horas. Descemos do avião, e Marina faz todo o procedimento novamente.

— Vou me esconder no banheiro — digo para ela.

Abro a porta do sanitário e começo a vomitar. Lembro-me do que falaram de mim no noticiário e vomito mais.

Estamos a um embarque de fugir dessa perseguição toda. Passo algum tempo sentado no chão, olhando para a parede do banheiro.

— Pensei que tinha morrido — fala Marina quando me vê.

— Quase morri! — respondo. — Estou com enjoo.

— Deve ser por causa do voo ou do sistema nervoso.

— Fico com a última opção.

— Nosso voo sai daqui a vinte minutos. Vamos para a plataforma de embarque.

Sigo Marina, e esperamos na frente. O voo atrasou duas horas. Estou muito agitado. Quero sumir logo deste país, desta confusão.

— Se acalme! — Marina me pede. — Daqui a pouco, sobrevoaremos esses ares, e você não terá que se preocupar nem com os policiais nem com o noticiário.

Embarcamos sem nenhuma complicação e sem ninguém me reconhecer. Mesmo estando com o cabelo e as sobrancelhas pretas, as pessoas podiam me reconhecer, mas Marina sempre estava falando para eu virar-me de costas, ler uma revista, abraçá-la, amarrar os tênis, entre outras mil coisas para fugir de vista. Fizemos pontes áreas de Guarulhos para Santiago, no Chile; de Santiago para a Nova Zelândia; e, por último, paramos em Hebei, na China.

XXIX

— **Estamos na China** — anuncia Marina, ao sair do avião. — Na província de Hebei.

— Em que cidade?

— Qinhuangdao.

— Nossa, que nome! — exclamo. — Vamos achar um lugar para ficar. Depois procuraremos a Muralha.

— Daniel, estamos cansados. Vamos descansar um pouco. Amanhã, começamos a busca.

— Mas preciso encontrar meu pai.

— Ele não vai fugir. A mulher não disse que ele estaria aqui?

— Mas ele pode morrer a qualquer hora.

— Mas não antes de irmos à Muralha — insiste Marina.

— Tanto faz. Vamos procurar algum lugar para descansar.

— Antes, vamos trocar o dinheiro no banco.

— Você está com todos os documentos falsos, Marina — destaco.

— Vamos tentar, ok?

E tudo transcorreu de forma tranquila, sem nenhuma prisão ou acusação de crime.

— Temos o equivalente a mil e quinhentos reais.

— Nossa, será que sobreviveremos? — indago.

— Precisamos!

Marina puxa a minha mão, e adentramos a cidade. Muitos chineses estão indo de lá para cá. Há muitos carros e muitas pessoas.

— Nossa, tem muita gente! — surpreende-se Marina.

Atravessamos a rua e andamos olhando para todos os lados.

— Pelo menos, falamos inglês. Podemos nos virar.

— Sim. Vamos comer aqueles espetinhos? — aponto, e Marina aceita.

— Escorpião! — Marina se admira. — Daniel, não é todo dia que você pode experimentar coisas novas.

— Verdade. Pega um pra mim também e aquele suco.

Tomo um gole rápido e percebo que não é suco.

— Tome isso, Marina — ela engole e faz uma cara feia.

— Nossa, parece ser sangue.

Marina pergunta para o vendedor, e os dois arranham o inglês até se entenderem.

— É sangue de cobra!

— Nossa, não quero comer mais nada neste país — declaro.

Marina para e pergunta para algumas pessoas sobre algum local para descansarmos.

— A mulher com quem falei disse que, a duas quadras, tem um pequeno *hostel*.

— Legal.

— Daniel, em vez de ficar parado, só falando *legal*, você podia me ajudar a fazer as coisas, né?

— Adoro ficar observando você.

Marina não diz nada, e entramos em um prédio esverdeado.

— Vai lá, Daniel. — Marina me intima.

Peço um quarto para duas pessoas.

— Quantos dias, Marina?

— Pergunte o preço.

— Duzentos a diária.

— Nossa, está caro! Mas, como precisamos, pegue três dias.

Termino de fechar o negócio e mostro a chave para Marina.

— Quarto andar, com vista para rua e para o grande movimento.

XXX

Deitados na cama do *hostel*, Marina se vira para mim.

— E se seu pai não souber o que fazer?

— Eu espero que saiba — respondo-lhe. — Espero que me ajude. No passado, ele fez várias coisas.

Marina assente.

— Mas como você vai viver depois de tudo que estão te acusando? O que faremos?

— Não sei, Marina — aconchego-me em seus braços. — Várias pessoas morreram por causa disso. Meus amigos, as pessoas que cuidaram de mim, que estiveram comigo. Focus não hesitou ao tentar conseguir seu dom de novo.

— Ele podia ter te matado na cidade dos cabeças fechadas, mas acredito que esteja esperando você encontrar seu pai, para acabar com vocês dois.

— Isso me preocupa muito. Mas acharei meu pai e pararei tudo isso.

— E aquela Amanda? — Marina puxando um travesseiro para perto de si.

— Estava na festa, nos observando. Trabalha com Focus.

— Não sabia que tinha outras pessoas com dons.

— Nem eu, mas será que existem outras que podem nos ajudar?

— Sempre existem pessoas para nos ajudar, Daniel.

— Amanhã, vamos até a Muralha ver o que a Diana viu lá.

Marina fica em silêncio.

— Marina, prometo que não deixarei você morrer! — ela me abraça. — Sei que não consegui cumprir essa promessa com os outros, mas você é especial para mim.

— Mas, mesmo que eu morra, Daniel, não deixe Focus estragar mais nada.

Sento-me na cama e olho para Marina.

— Como você acha que me sentirei, sozinho no mundo? — pressiono-a. — Sem amigos, sem as pessoas que eu amo? Vou me vingar de tudo o que houve.

— Daniel?

— O quê?

— Sinto você dentro do meu coração.

— Eu também — sorrio.

— Lembra daquele dia que você chegou lá em casa de madrugada e me contou sobre Focus?

— Sim, e você disse que não tinha medo de homens!

Rimos.

— Não pensei que viveria todas essas confusões com você.

— Pois é... Nem eu.

Seguro a cintura de Marina e a beijo. Começo pela boca, desço para o pescoço, vou até a orelha, e, cada vez mais, nossos corpos se livram das roupas.

Nossos corpos se juntam, os lençóis ficam chamuscados. Do meu corpo, começa a sair fumaça. Marina sua muito. Assim, passamos o resto da nossa noite, criando e apagando o fogo.

XXXI

Pela manhã, Marina me acorda com beijos.
— B-bom dia! — bocejo.
— Levante! Vamos para a Muralha.
— Mas mal acordei — puxo Marina para perto.
— Daniel, vamos — Marina se desvencilha dos meus braços. — Já tomei banho, só falta você — e ela coloca uma muda de roupa do meu lado. — Comprei de manhãzinha, no comércio de rua. Estavam baratas. Vai logo, Daniel!

Depois do banho, visto o calção preto e a camiseta azul que Marina comprou para mim.

— Gostei do seu vestido branco e florido. Está maravilhosa.
— Obrigada, você está bonito também. Vamos tomar nosso café.

Descemos e nos sentamos em uma mesa. O refeitório estava cheio de turistas que também tomavam o café da manhã.

— Vou buscar nosso café da manhã, Marina.

Depois que passei na mesa, peguei algumas frutas e as levei para nossa mesa.

— Está com seu Zippo?

Retiro-o do bolso e o mostro para ela.

— Não me desgrudo mais dele.

Ela sorri, e saímos à procura da Muralha.

Perguntamos para as pessoas os caminhos mais próximos para a Muralha e, depois de um tempo, começamos a seguir um grupo de turistas com um mapa. Finalmente, deparamos com a entrada da Muralha.

— Essa é a Porta Shanhai — explica Marina. — Lembro que aprendi na escola.

Pagamos e entramos. Está cheio de pessoas.

— Esse lugar é fascinante, olha que lindo! — Marina se surpreende. Olho para aquela estrutura antiga e milenar, cheia da energia vital de anos e anos.

— Vamos mais para cima.

Começamos a andar pela Muralha e a admirar a paisagem que ela nos proporciona.

— Agora, cadê meu pai?

— Daniel, se acalme — Marina me encara. — Por favor.

Continuamos andando pela vasta Muralha. Observamos algumas crianças sorrindo e pais alegres em um semicírculo, ao redor de algo que prendia sua atenção. Vamos ver o que é. Um jovem um pouco mais velho do que nós faz origamis. Com algum truque, os origamis se mexiam, e alguns voavam até a mão do comprador.

— Que legal! — digo, e o rapaz olha para mim.

— Quero um. — Marina fala para mim.

— Eu faço um para você, senhorita. Qual animal você quer?

Somos pegos de surpresa.

— Você fala nossa língua?

— Sim, um pouco enrolado, mas falo. Aprendi quando eu era pequeno. — conta o jovem.

— Como é seu nome? — interrogo-o.

— Podem me chamar de Origami.

— Sou Marina.

— Eu conheço você de algum lugar, menino. — informa Origami, olhando para mim.

— É a primeira vez que venho aqui, é impossível — dou um sorriso nervoso.

— Mas isso não impede de eu ter te visto em algum lugar.

Balanço a cabeça afirmativamente.

— Mas vamos nessa — tento desvencilhar-me. — Prazer em conhecer você.

— Mas eu quero meu origami! Espere um pouco, Daniel.

— Tá. Pegue ele, que vou na frente.

Marina deve ter-me xingado mentalmente. Mas por que não encontro meu pai aqui?

XXXII

MARINA SE aproxima de mim com uma miniatura em suas mãos.

— Por que ser tão grosseiro? — ela me pressiona.

— Desculpa, estou nervoso com tudo isso.

— O Origami nos convidou para sair à noite. Ele gostou da gente — fala Marina, passando-me o pássaro feito de papel. — Ele sente falta de amigos.

— Marina...— ia falar que não estamos aqui para fazer amigos, mas desisto. Pode ser uma boa ideia.

— O quê?

— Vamos sair com ele — passo meu braço sobre seus ombros.

Andamos mais algumas horas pela Muralha, olhamos a paisagem, fugindo de câmeras alheias, e voltamos ao *hostel*, depois de procurarmos muito. Nada do meu pai. Estamos no meio da tarde e resolvemos sentarmo-nos em um banco próximo à Muralha.

— Como devem estar as coisas no Brasil?

— Quentes! — respondo, e rimos.

— E seu pai? Será que está te procurando feito um louco? Ele nem imagina que você está do outro lado do mundo.

— Já deve estar me procurando — um ar triste preenche o rosto de Marina.

— O que foi, Marina? — seguro suas mãos.

— E se algo sair dos eixos e der muito errado? E se Focus conseguir te matar? Como parar ele? Três meses atrás, eu nem sabia da existência de poderes. Só conhecia de livros e desenhos.

— Você entrou nessa comigo.

— E eu aceitei — Marina me encara. — Mas eu me preocupo com você.

— Relaxa, Marina — acalmo-a. – Vamos continuar seguindo em frente.

E as horas se passam como um borrão.

— Olá, pessoas! — cumprimenta-nos Origami. — Tudo bem?

— Tudo — responde Marina, e eu me levanto.

— Que fome!

— Vamos comer — sugere o menino. — Vou levar vocês para comer bolinho de arroz recheado.

— Parece bom! — concordo. — Qual é seu nome verdadeiro?

— Anshai Wang — responde.

— Bonito nome! — elogia Marina.

Eu achei meio estranho. Pela minha cara, Marina me dá uma cotovelada, e Anshai ri.

— Vamos então?

Levanto Marina, e seguimos Anshai. Ele tem cabelo preto, corpo forte e bom espírito. Seguimos o garoto por uma rua movimentada e, depois, vamos virando a cada esquina, entrando em um emaranhado de prédios, mais prédios e pessoas.

— Eu moro aqui — Anshai informa, apontando para um prédio grande e amarelo que se estende à nossa frente. — No 23º andar, apartamento 232.

Subimos as escadas e chegamos, ofegantes, ao andar do apartamento de Anshai.

— Nossa, vocês estão fora de forma — diz.

Ele abre a porta, e entramos em um pequeno apartamento.

— Sentem em qualquer lugar — ele nos convida.

Sentamo-nos em um pequeno sofá, embaixo da janela.

— Alguém mais mora aqui com você? — procuro saber, enquanto Anshai mexe nas prateleiras.

— Minha esposa e minha filha moravam comigo — revela, um pouco triste.

— Onde elas estão? — Marina indaga. — Qual a idade da sua filha?

— Ela tem 4 anos.

— Quero conhecê-las.

O único som que escutamos é o da panela e o do pacote de arroz sendo aberto.

— Daniel, quanto tempo faz desde que você descobriu o seu dom? — Anshai quebra o silêncio com essa pergunta.

Vou responder, mas gaguejo.

— Como você sabe? — tiro o Zippo do meu bolso.

— Vi em seus olhos, em seus movimentos, em seu jeito de ser. — fala Anshai, abaixando-se e pegando os seus origamis da mala. — Também tenho o meu.

Puxo um pouco de fogo para a minha mão. Marina me olha e pede para eu me acalmar.

— Vou te mostrar o que posso fazer.

Ele pega um origami com forma de soldado e o assopra. O soldado de papel cresce, fica do tamanho de uma pessoa e ganha vida.

— Dou vida aos meus origamis — apanha um origami com forma de pássaro e o assopra. Então, ele voa pelo apartamento e pousa ao lado de Marina. — Eles crescem até o tamanho natural.

— Genial! — exclamo.

— Todos os origamis que crio com minhas mãos ganham vida e me obedecem. — Anshai faz um gato de papel ganhar vida, uma cobra, um cachorro. — Divertido, não?

— Muito! — concordo Marina.

— Conheci uma indiana que tinha o poder de telecinesia — recorda Anshai. — Latika. Pena que sumiu no mundo.

— Existem outras pessoas como nós? — pergunto com certa ansiedade.

— Sim. Também conheço um inglês que provoca terremotos — afirma Anshai. — Nunca mais o vi também.

— Muito louco isso — demonstro minha surpresa. — Mas seu dom é demais, você pode criar um exército com ele.

— São de papel — Anshai frisa. — Não me ajudariam muito.

— Por quê? — não compreendo.

— É por isso que o trouxe aqui.

— O que você quer?

— Me ajuda a libertar minha mulher e minha filha da princesa de Vynhai?

— Não posso — levanto-me. — Tenho outros problemas.

— Por favor!

— Não posso, me desculpe — repito com firmeza. — Preciso encontrar meu pai.

— Eu ajudo você a encontrá-lo. — fala Anshai. — Prometo — fico em silêncio. — Você controla o fogo, você é poderoso. — Anshai está suando. — Você pode me ajudar.

Olho para Marina.

— O desenho tinha a Muralha — ela indica Anshai com a mão. — E ele seria uma ajuda para você encontrar seu pai.

Paro e penso um pouco.

— Como você vai me ajudar?

— Posso te fazer ir para a frente dele — mostra-me um pacote cheio de pássaros dobrados. — São *tsurus*. Quando são feitos mil deles, um pedido se realiza.

— É uma lenda. Quem garante que dará certo?

— Eu garanto.

— Por que você não faz o pedido pra salvá-las?

— Porque Vynhai voltaria e as levaria de novo.

— Então, faça mil soldados e ataque ela.

— Eles são de papel, não me ajudariam muito — Anshai parece chateado. — Mas, se não quiser me ajudar, eu entendo.

— Onde essa mulher está? E por que ela está com sua mulher e sua filha?

— No Norte, quase na fronteira. Ela tem milhares de pessoas como escravas.

— Escravas! — exclama Marina, assustada.

— Sim. Quando ela canta, as pessoas obedecem.

— Como é? — pergunto. — Ela canta e as pessoas obedecem?

— Sim, manipulação de pessoas. Por isso, a família dela é bilionária.

— E o que nos garante que não seremos manipulados?

— Temos dons, o que a deixa sem ataque contra nós — explica Anshai e continua. — Imagina, ela dominaria todos com dons.

— Isso faz sentido — pondera Marina.

— Tá. Ela controla os meros mortais com seu dom para serem os escravos dela. Ela está no Norte, bilionária — resumo. — O que mais devemos saber?

— Tem um mercenário das sombras como seu protetor.

— Ótimo! — ironizo. — Mais um louco assassino.

— Como vamos para lá? — Anshai tira um grande origami de pássaro do armário atrás dele.

— Voando com esse pássaro.

— Quando partimos? — pergunto.

— Antes, você deve treinar um pouco.

— Treinar? Não preciso! — Marina tosse e olha para mim.

— O quê?

— Amanhã de manhã, vamos treinar atrás de umas casas abandonadas. Se você estiver em forma, nós partimos.

— Precisamos voltar para o hotel — lembra Marina. — Anshai, foi um prazer ter essa conversa com você. Está nos devendo uns bolinhos, mas temos que ir, está muito tarde. Amanhã de manhã, nos encontramos onde?

— Na frente do portão da Muralha.

— Ok. — Marina aceita.

— Vou levá-los lá para baixo — fala Anshai. — Muito obrigado, Daniel.

— Você me ajudará a encontrar meu pai.

Trocamos um aperto de mão na entrada, em frente ao prédio de Anshai, e eu e Marina vamos para o nosso hotel.

— Será que foi uma boa ideia ter aceitado esse acordo? — pergunto.

— Foi, sim — responde Marina, arrumando seu cabelo. — Nós estamos perdidos aqui, e uma ajuda seria bem-vinda. O dom dele nos levará até seu pai. Você já fez tantas coisas, Daniel. O que custa ajudar Anshai a ter sua família de volta?

— Você está certa, o que são mais alguns prédios queimados?

Entramos no hotel e vamos para a nossa cama.

XXXIII

Somos acordados com uma batida na janela do nosso quarto. Um pássaro de papel tentava entrar.

— Anshai — Marina sorri.

— Que horas s-são? — bocejo. Pego meu relógio e vejo que faltam quinze para as sete. — Nossa, Anshai, por que tão cedo?

Marina se levanta, abre a janela, e o pássaro entra e voa pelo quarto.

— Bom dia! — grita Marina, animada, pondo a cabeça para fora da janela. — Entre aqui.

Levanto-me e vou até a janela. Vejo Anshai entrando na pousada.

— Vamos colocar as nossas roupas, né? Anshai não vai gostar de ver você assim. — sorrio, pegando minha calça.

Vestimos as roupas, e, quando abrimos a porta, Anshai está sentado na frente dela.

— Desculpe a demora — falo.

— Sem problemas — estende-nos dois copos de café com umas barras de cereais.

— Muito obrigado! Estou morrendo de fome.

Passo o copo para Marina, e Anshai começa a falar.

— Vamos para trás da muralha, onde há um lugar abandonado. Será calmo para nós treinarmos.

— E, depois, vamos atrás da... — esqueci-me do nome da mulher. — Como é o nome dela?

— Vynhai.

— É por isso que eu esqueci.

Marina balança a cabeça negativamente. Andamos atrás de Anshai, comendo nosso café da manhã.

— Por aqui — desviamo-nos da rota para a entrada da Muralha.

Andamos por mais quinze minutos, falando sobre o maior feito de nossos poderes.

— Eu consegui fazer uma cidade toda explodir em chamas — narro. — Eu estava com raiva, e tinha vários Flams me atacando.

— O que são Flams?

— São espíritos, demônios ou algo do gênero — respondo.

— Mas por que eles estavam te atacando?

— Porque um homem quer o poder de fogo para ele novamente.

— Você o roubou? — Anshai se assusta.

— Não. Meus pais, quando eu era criança, tiraram o dom de Focus e o passaram para mim — conto-lhe, lembrando do que tinha lido. — Isso porque ele estava aprontando muito com o dom. Agora, ele quer o poder de volta.

— Nossa, que confusão! — declara Anshai. — E é por isso que você está atrás do seu pai? Sua mãe não pode te ajudar?

— Minha mãe foi morta por Focus. Foi nesse dia que descobri que eu posso controlar o fogo.

— Ah, tá!

— E é por isso que quero saber onde meu pai está, para saber se ele pode me ajudar nisso, pois ele ficou com o livro.

— Que livro?

— Um livro de magia, mas nunca o vi.

— Entendi.

— E você, qual foi seu maior feito?

— Acredita que foi um dragão? — Anshai sorri. — Ele era dividido por partes, mas consegui dar vida a ele no ano novo!

— Podemos juntar o seu dragão com o meu fogo — proponho.

— Sim — concorda Anshai. — O dragão resiste ao fogo e se tornaria forte.

— Como você faz eles pararem? — pergunta Marina. — Não dá pra, simplesmente, deixar origamis em tamanho real andando por aí.

— Posso tocá-los e fazê-los voltar a ser um pequeno pedaço de papel, mas dá pra molhá-los ou pôr fogo neles também.

Marina assente. Já estamos bem longe da entrada da Muralha, quando entramos em uma clareira que parece servir como abrigo para pessoas sem casa.

— Aqui está ótimo — fala Anshai.

Marina se senta em uma pedra perto de uma árvore e fica observando.

— Vamos começar — Origami pega alguns pedaços de papel da sua mala. — Quero ver do que é capaz.

Pego o meu isqueiro e incendeio a minha mão.

— Manda ver!

Alguns pássaros grandes e mais alguns soldados vêm em minha direção. Jogo bolas de fogo neles, que caem.

Leões, cavalos, rinocerontes, pássaros, cachorros, mais soldados e animais me interceptam, e os detenho com fogo.

— Daniel, em vez de ficar sempre jogando fogo em cada um, tente puxar o fogo de quem está queimando ao lado. Fica mais próximo e mais rápido o ataque.

Concordo com a dica de Anshai.

— Vou fazer um dinossauro de papel e muitos pássaros agora.

Depois de alguns poucos minutos, o monstro me ataca; um ataque duplo, por terra e pelo ar. Repito o que fiz contra os policiais perto do barracão para o qual os sequestradores de Marina a levaram e crio línguas de fogo. Os pés da criatura começam a pegar fogo, e as línguas de fogo protegem minha cabeça, queimando todos os pássaros que tentam me atacar. Marina bate palmas com Anshai.

— Pra que bater palmas? — pergunto, tímido. — Que brega! Só fiz o que devo fazer.

— Não ligue, ele é assim — diz Marina para Anshai, pondo-se de pé e piscando para mim.

— Ótimo, não temos tempo a perder — Anshai tira um grande pássaro de papel amassado da mochila. — Podemos ir para o Norte. Marina, você não deve ir junto.

— É claro que eu vou junto — Marina fica brava.

— Melhor não — concordo com Anshai.

— Agora, vai mandar em mim, Daniel? — desafia-me.

— Se a mulher consegue controlar pessoas sem dons... — constato. — Ela poderá usar você contra mim. Não podemos ter uma isca que nos prejudique.

— É verdade — Anshai vem em minha defesa. — Em três dias, estaremos aqui.

— Eu prometo — falo. — É triste deixá-la aqui, mas é preciso.

Marina está pensando, e Anshai dá a chave do seu apartamento para ela.

— Fique lá até nós voltarmos.

— Caminhe pela cidade, Marina. Conheça um pouco da China.

— Tudo bem. Cuidem-se! — ela recomenda. — E, depois disso, vamos encontrar seu pai.

— Sim — beijo-a e sinto um vento bater em minhas costas.

Então, vemos um grande pássaro de papel mexendo suas asas.

— Nosso transporte para o Norte — diz um Anshai sorridente.

— Vão logo! — Marina me dá mais um beijo.

— Três dias — repito.

Ela pisca para mim, e subo no pássaro com Anshai. Marina acena, e o pássaro levanta voo.

Deixar Marina para trás não é fácil, mas, pelo menos, ela estará segura, e nenhum mal acontecerá com ela, pois eu e Origami estaremos em perigo. Foi uma escolha sensata manter Marina a salvo; se algo acontecer comigo, ela estará viva e a salvo para seguir em frente.

XXXIV

VOAR PELO CÉU chinês em cima de um pássaro de papel: isso deve ser a coisa mais estranha que fiz em toda a minha vida. Não consigo olhar para baixo, pois o pássaro voa muito rapidamente. Mal entendo o que Anshai fala e só vou concordando com ele. Seguro-me fortemente, mas, às vezes, o papel amassa, e tenho medo de sair voando pelos ares e esborrachar-me no chão. Qual é a nossa altura? Não sei; só sei que estamos acima das nuvens, pois não é comum, em nenhum lugar, ver um gigante pássaro de papel por aí.

O tempo passa, e o pássaro começa a diminuir a sua velocidade e a descer. O dia já está quase acabando. Lá embaixo, vemos os campos de arroz das propriedades da princesa Vynhai, campos e mais campos de arroz, com milhares de pessoas trabalhando. Voamos um pouco mais, e vemos uma grande mansão de quatro andares.

Anshai se vira para mim e faz o sinal de positivo com uma das mãos. Vemos alguns soldados protegendo a propriedade. O pássaro voa para trás de uma colina. Anshai toca no pássaro, e caímos em queda livre. Tomamos um banho ao cair, com um baque, no terreno alagado.

— Você poderia ter avisado — reclamo. — Quase nos matou.

— Desculpa, é que eles não podem nos notar.

— A noite está chegando. Vamos achar um lugar em que possamos e pensar em como nos infiltraremos nos domínios de Vynhai.

Andamos pelo terreno alagado e descemos a colina devagar, procurando caminhos menos notáveis.

— Olha, Anshai! — apontando para as pessoas reunidas. — Vamos lá.

— Não sei.

— Vamos ver o que está acontecendo.

Descemos a colina rapidamente e corremos até as pessoas reunidas. Pareciam zumbis. Não estavam com olhar focado. Seus olhares estavam perdidos, e cada vez mais pessoas se reuniam ao grupo.

— Vamos segui-los — sugiro.

Anshai concorda. O céu já está escuro. Uma luz brilha ao longe. Quanto mais andamos, mais próxima e forte fica.

— Daniel, aquela é a Vynhai — Anshai se aproxima de mim.

— Mantenha a calma, e vamos ver o que ela vai fazer.

Soldados começam a cercar as pessoas, e, quando está tudo como querem, Vynhai aparece com um jovem de cabelos e roupas pretas ao seu lado.

— Aquele é o Zack — Anshai complementa. — O Mercenário das Sombras.

Vynhai começa a cantar. Uma voz doce e forte domina o ar. As pessoas começam a mexer o pescoço e se põem em posição de sentido. Tentamos imitá-las. A sua voz é maravilhosa. Dá vontade de ouvi-la por toda a vida. Anshai me cutuca, e olho para ele.

— Estou bem — falo. — Só achei a voz bonita.

— Pensei que fosse se tornar um escravo dela.

— Jamais!

Vynhai para de cantar e olha para nós. Todos se mexem, viram-se e seguem para um pavilhão ao lado. Então, nós os seguimos. Outro grupo está saindo de lá, indo para a direção de Vynhai. Há muitas pessoas aqui. Ela detém muitos escravos. Anshai fica esticando a cabeça, à procura de sua família.

— Calma, lá dentro procuramos melhor.

Quando entramos no pavilhão, que contém milhares de camas, as portas são trancadas, e soldados ficam a postos à sua frente. As pessoas caem em suas camas, e fazemos o mesmo. Precisamos agir como elas. As luzes se apagam, e um silêncio cai no local.

— Daniel — sussurra Anshai. — Acenda um pouco o fogo, quero encontrá-las.

— Não posso — falo mais baixo ainda. — Você quer que eles nos achem e nos mandem pra fora daqui?

— Mas eles não perceberam que estou de mochila.

— Sorte sua. Amanhã, nós procuramos por elas. Por favor, aguente mais um pouco.

Vejo, pela pequenina claridade, que ele concorda comigo. Adormecemos um pouco depois disso, como se eu só tivesse piscado os olhos.

Uma buzina dispara, e somos acordados. Somos conduzidos feito múmias, feito zumbis. Ela controla muito bem as pessoas. Todas seguem a rotina. Tudo o que Vynhai pediu que fosse feito, as pessoas estão fazendo. Sentamos e comemos o prato que nos deram e, depois de um tempo, somos conduzidos para um campo de arroz, para trabalhar. Não tenho noção de como se faz isso.

— Ela controla todos muito bem, não é? — observo.

— Sim. A cada doze horas, eles têm que ouvi-la cantar, para que o feitiço se mantenha ativo. Se ela não cantar, eles voltam a ter o controle da própria vida novamente.

— Por isso, você quer pará-la.

— Sim.

No campo, Anshai dispara para perto de um grupo de mulheres, olhando cada uma. Não sei como são sua mulher e sua filha dele. Não posso ajudá-lo nisso. Só posso acompanhá-lo.

— Daniel! — escuto Anshai gritar, correndo o risco de chamar atenção indesejada. — Venha aqui.

Chego perto dele e o xingo.

— Pare de gritar. Assim, vamos ser descobertos!

— Estas são a minha mulher e a minha filha.

Olho para a mulher, que não para de trabalhar, e para a menina que a acompanha. Anshai pega no rosto da mulher.

— Xing, sou eu, seu marido.

E a mulher continua o que fazia.

— Fala comigo.

Silêncio. Ele a segura e a levanta. Ela para e olha para ele. Anshai dá um tapa no seu rosto, e a expressão no rosto da mulher não muda. Ele a solta, e ela volta a trabalhar. Lágrimas caem dos olhos de Anshai.

— Ela não lembra de mim — fala, limpando os olhos.

— Precisamos ajudá-las.

— Podemos pegar as duas e fugir.

— E deixar outras milhares de famílias sofrerem por não terem as pessoas que amam por perto?

— A gente combinou que era a sua família.

— Daniel, não seja egoísta! — Anshai me repreende.

— Você tem um poder supremo, por que não quer ajudá-

-las? — grita, apontando para todas as outras pessoas que trabalhavam no campo de arroz.

Ponho a mão no rosto.

— Então, vamos acabar logo com isso! — decido-me. — Vou fazer uma coisa boa na vida, pelo menos.

— Vem. — diz Anshai, puxando-me.

Corremos até a calçada que leva à entrada do casarão.

— Você quer entrar no casarão usando esse caminho principal?

— Sim, com nossos amigos origamis.

Anshai tira muitos origamis da mala, pega um por um em suas mãos e os assopra. Todos ganham vida. Pego meu Zippo e incendeio minhas mãos. Em poucos minutos, soldados de papel estão nos acompanhando à entrada do casarão. Um grupo de soldados de Vynhai percebe nossa presença e caminha em nossa direção. Anshai os aponta, e soldados de papel correm para atacá-los. Lanço fogo nos soldados, que estão vindo de todas as direções. Um alarme soa, e a confusão começa.

Vários soldados com espadas e com machados saem do casarão. Muitos vêm do campo e nos cercam.

— Preciso de pássaros — Anshai fala para si mesmo, dobrando pedaços de papel. Então, assopra-os, e os pássaros atacam os soldados.

Puxo mais fogo e queimo fileiras e fileiras de soldados. Outros continuam se aproximando. São rápidos, e alguns conseguem desviar-se do meu fogo.

Vynhai aparece na janela e olha para nós. Sua voz ressoa novamente, e os trabalhadores param de o seu serviço e vêm em nossa direção. Lanço fogo, sem parar, nos soldados e faço uma parede de chamas quando um grupo se aproxima de nós.

Machados são lançados em nossa direção. Um deles atinge meu braço, e caio no chão, agonizando. A dor do corte profundo no meu braço, que vai se fechando aos poucos, é alucinante. Sinto o fogo dançando no machucado. Uma lágrima de dor cai dos meus olhos. O corte se fecha totalmente. O restante dos soldados e suas armas são varridos para longe por minhas mãos, que explodem em chamas.

As pessoas se aproximam e nos agridem.

— Não as machuque, Daniel! Elas estão sendo controladas.

Vynhai retorna para o interior do casarão. Como não machucar alguém que nos agride? Como ser forte? Como não revidar? Cada vez mais pessoas nos circundam e nos atacam com chutes, murros, pontapés. Parecem um bando de loucos. Estou com minhas costas coladas às de Anshai.

— Desgruda de mim! — grito para Anshai. — Tenho uma ideia. Faça um escudo.

Incendeio o meu braço e aumento o poder das chamas, fazendo-as queimar e arder. Anshai está agachado com seu escudo de papel, que se deforma com o calor que estou exalando. As pessoas se afastam do poder que se forma em torno de nós.

— Que calor! — reclama Anshai. — Vou cozinhar aqui.

— Aguente mais um pouco.

Empurro o mormaço, e as pessoas caem a uma boa distância de nós. Vários soldados se reagrupam e vêm em nossa direção, com machados e escudos. Anshai se abaixa e assopra um dragão de papel que estava dentro da sua mala. Ele voa em direção aos soldados. Puxo Anshai, e corremos para dentro do casarão.

— A porta está fechada — ele me alerta.

Encosto minhas mãos em chamas na porta e a incendeio. Rapidamente, escutamos os estalos da madeira queimando. Chuto a porta, e ela se abre.

XXXV

ENTRAMOS E DEPARAMOS com um grande salão vazio e escuro. Há apenas uma escada ao fundo, que leva para o segundo andar. Corremos para a escada, mas somos parados por cinco soldados. Anshai, novamente, dobra muitos papéis, e eu queimo os soldados, que caem, torrados, no chão. A sala está escura, e escutamos uma voz.

— Vocês não vão a lugar algum.

— Zack — diz Anshai.

— O próprio — sinto uma pancada nas minhas costas e caio de joelhos.

Vários origamis estão à minha volta e à volta de Anshai.

— Origami, você trouxe um amigo novo, pelo que estou vendo.

Tento localizá-lo, mas ele é rápido como um gato, rápido como o vento.

— Vamos pará-los.

— Não vão, não.

— Daniel, ele se move rapidamente pelas sombras. Precisa usar seu fogo para detê-lo.

Concordo com a cabeça, mas ele não deve ter visto.

— Daniel! — exclama.

— Eu ouvi! — respondo. — Estou tentando me concentrar.

— Então, faça alguma coisa.

Incendeio os origamis de papel e os pilares do salão.

— O que você está fazendo? —Origami me interpela. — Não é pra queimar os origamis que eu fiz, eles vão nos ajudar.

— Deixa isso comigo.

— Ótimo, não conseguem trabalhar juntos — e Zack solta uma risada. — Será fácil.

Vemos os soldados que sobraram serem despedaçados por adagas e sumirem rapidamente. Zack é esperto, não se mostra. Temos que prendê-lo em um lugar em que não haja sombras. Vou para perto de um pilar. A sombra à minha frente aumenta, e, dela, vejo sair um jovem com adagas e cabelos brancos. Antes que corte minha garganta, puxo o fogo e só sinto um corte na minha mão.

— Anshai — chamo-o. — Vamos pegar os guarda-braços dos soldados para nos protegermos.

Se eu apagar as chamas, ele terá total chance de nos matar.

— Vou pôr fogo na sala toda — aviso.

Anshai fica em silêncio, tira a armadura de um dos soldados e a joga para mim.

— Aqui — visto-a no meu braço, antes que a sombra me ataque de novo, e me defendo com a armadura.

Vou jogando o fogo dos pilares nas paredes e no chão. Formam-se penumbras, e as únicas sombras são a minha e a de Anshai. Ele cai no chão com a mão na barriga.

— Ele me cortou — vejo um corte em sua barriga e muito sangue no chão.

— Zack! — grito. — Nos enfrente sem se esconder. Tem medo de não conseguir nos parar?

Um riso é ouvido.

— Tem medo de perder? De morrer?

— Não.

Uma sombra cai do teto e corre em minha direção; desvio o ataque com o protetor de braço, e ele continua atacando. Puxo mais o fogo para perto e faço um círculo não muito grande em torno de nós. Seus olhos negros transmitem ódio.

— Controla o fogo.

Ele começa a andar em círculos em volta de mim. Chega perto e corta meu ombro; abaixa-se e corta minha perna.

— Pena que não é tão rápido como eu sou. Mesmo sem meu dom, eu consigo sobreviver a você — aponta a adaga vermelha com meu sangue para mim. — Você não é nada sem ele.

Sinto um corte no pescoço e facadas no peito. Cuspo no chão, e uma poça de sangue se forma. Balanço, e Zack surge em cima de mim e finca a adaga em meu pulso, grudando-o no chão. A dor é lancinante! Ele sorri e faz isso com meu outro pulso. Estou preso ao chão. O fogo se aproxima de nós. Ele retira outra adaga da sua bota e a cheira; depois, crava-a em meu peito. A última coisa que eu vejo é o fogo tomar conta de tudo. A sala, então, é preenchida por um brilho vermelho.

XXXVI

Daniel saiu há três dias e não voltou ainda. Passei meu tempo andando pelas ruas e vendo o comércio, conhecendo um pouco mais a China, pois vamos a um país diferente todos os dias. Eles falaram que, em três dias, estariam aqui, e nada. O que aconteceu? Daniel nunca deixou de cumprir o que me prometeu, até agora.

Procuro nos noticiários informações sobre algo queimando ou sobre mortes, mas não encontro nada. Verifico se há imagens que sugiram isso, já que não entendo nada da língua que se fala aqui. O apartamento de Origami me sufoca. E se alguma coisa deu errado com os dois? E se eu não tiver mais como sair daqui? Como voltarei para casa? Como vou encarar todo mundo, depois de ter seguido o cara de que mais gosto e perdê-lo? Perder e ter que aceitar as consequências das minhas escolhas. Eu segui um jovem que controla o fogo e foi acusado de todos os crimes possíveis; eu o apoiei nessa busca insana. Ninguém nunca acreditará na minha versão. Ninguém acreditará na verdade. Daniel, por favor, volte.

Estou saindo do apartamento de Anshai e me deparo com uma menina na frente da porta. Amanda.

— Onde está seu namorado? — pergunta, tragando um cigarro.

— Você não é muito nova pra fumar?
— Não. E, me responda, onde ele está?
— Não sei.
— Como não sabe? Ele está fora há uns dois dias, e vejo você andando sozinha por aí.

Dou de ombros.

— O que ele está aprontando? Ele nunca vai encontrar o pai.
— Cadê o seu chefe?
— Me desliguei dele — solta uma baforada de fumaça em meu rosto.
— E ele não quis matar você?
— Não. Meus objetivos não fazem bem a ninguém.

Amanda vem e segura meu pescoço. Chuto a sua barriga.

— Quero saber onde está Daniel.

Vejo-me pendurada em cordas e vários lobos pulando para me alcançar. É só uma ilusão. Um lobo consegue saltar mais alto e morde meu pé, rasgando meu sapato. Dou um grito. Meu pé dói por conta da mordida. Olho-o e percebo que está sangrando.

— Bem real para uma ilusão, não é? — ouço Amanda.
— Eu não sei aonde ele foi — grito. — E me tire daqui.
— Você vem comigo — ela avisa, e caio no chão à frente da porta. — Ele virá atrás de você.

Amanda joga a guimba do cigarro no chão e acende outro. Estala os dedos, e dois caras me algemam. Tento me desvencilhar, mas é impossível. Eles seguem Amanda e me levam amarrada.

— São ilusões?
— Sim — confirma. — Precoce para a minha idade, não é?

Encaro-a e não digo nada. Daniel Linhares, venha logo.

XXXVII

Pressiono o sangue que sai do corte da minha barriga, corte que Zack fez em mim. Daniel e Zack estão presos em um círculo de fogo, que se encolhe cada vez mais. Levanto-me e pego meus origamis. Preciso ajudá-lo. Escuto seus gritos de dor. Assopro, e uma explosão acontece na sala. Sou jogado na parede e caio. O ar está empoeirado, e não dá para ver nada na minha frente. Minha mão está negra de tanta fuligem.

Assopro um origami de pássaro. Ele bate as asas, para jogar toda a poeira e o ar sujo para fora da casa. Vejo o corpo de Daniel estendido no meio da sala e me aproximo. A sala está toda queimada. Seu corpo está quente e duro feito pedra. Seus cabelos estão loiros, como se fossem ouro derretido.

— Daniel! — bato em seu rosto.

Nenhuma resposta. Retiro as adagas que prendem seus pulsos. Olho para o seu peito e vejo uma adaga cravada.

— Daniel! — chamo novamente. Nada.

Não sei o que sentir. Uma ânsia vem de dentro de mim. Eu causei isso, a culpa é minha, eu o fiz vir para matar Vynhai. A culpa da morte de Daniel é minha! Eu o ajudaria a encontrar seu pai. Marina vai ficar arrasada. Daniel morreu.

Retiro a adaga e me levanto. Sinto uma pontada no corte da minha barriga, mas, mesmo assim, continuo. Chego perto de Zack e vejo seu rosto queimado. Pego a adagas e as cravo em seu coração, só para garantir que não causará mais nenhum transtorno. Subo pela escada e vou atrás de Vynhai. Não precisei procurar muito, pois a encontrei na sacada da sala de cima.

— Vynhai.

Ela olha para mim e vira o rosto.

— Venha aqui — grito, e o machucado me faz parar. — Você acabou com famílias, com felicidades, com oportunidades.

Ela continua olhando para fora.

— Venha aqui! — grito novamente. — Vou fazer você pagar por tudo isso.

Nenhuma resposta.

— Você tirou a minha família de mim por dois anos. Você fez sua irmã e sua sobrinha serem suas escravas nesse campo. Por quê?

Ela começou a chorar.

— Só porque eu não te amava, Vynhai? Por ciúmes? Minha própria filha, você fez de escrava.

Ela olha para mim.

— Por que ser tão cruel? Me fazer sofrer? Por que não me trouxe junto? Me fez ver as pessoas que eu mais amava não me olharem mais com carinho e serem tiradas de mim.

Aproximo-me dela.

— Trouxe um amigo para me ajudar, e ele foi morto por um mercenário seu. Tudo isso por egoísmo e dinheiro. Você não tem nada além de dinheiro. Ele não comprou o meu amor por você nem a sua felicidade. Nem o seu dom ajudou você a ficar comigo. E eu vim para cá resgatar a mulher que eu amo.

Ela limpa as lágrimas.

— Entenda! — grito o mais alto que posso. — Eu nunca vou te amar, eu te odeio por tudo que você fez na minha vida.

O céu está escurecendo, e dá para ver o pôr do sol ao fundo. Seguro a adaga o mais forte que posso e chego perto de Vynhai. Ela sobe na grade de proteção da sacada, abre os braços e se joga. Corro para a sacada e olho para o chão do lado de fora da casa. Lá está Vynhai, estirada, com uma poça de sangue à sua volta.

Não aguentou a pressão de tudo em suas costas, não admitiu perder. Agora, tudo voltará ao normal. As pessoas voltarão às suas famílias, e o infortúnio terá fim.

Desço a escada e vejo alguém sentado na frente do casarão. Corro com dificuldade, com o machucado me espetando a cada vez em que meu pé toca o chão.

— Daniel! — chamo.

— Ei, tudo bem? — ele me pergunta, estendendo-me uma garrafa de vinho.

— Sim — aceito a garrafa. — Você está vivo! Pensei que não estaria.

— Ele errou o meu coração. Acho que atingiu a aura do fogo com a sua adaga, e tudo explodiu. Até eu achei que estava morto.

Sento-me ao seu lado e vejo seu rosto cheio de sangue. Seus olhos brilham de energia. Seu calor irradia e aquece tudo à nossa volta. Vejo a sombra do pássaro de papel passando pelas plantações.

— Essa mulher se jogou da sacada e me sujou de sangue — ele diz, rindo. — Ou você a empurrou?

— Ela se matou — conto a história para ele, que me ouve com atenção e me pede todos os detalhes.

— Que triste. O que nos resta é beber pra comemorar o feito.

— Sim — brindamos com nossas garrafas. — Um *happy hour*.

XXXVIII

Levantamo-nos, e as pessoas começaram a se aglomerar ao redor da casa. Chegamos perto e esperamos o efeito de Vynhai passar. Alguns soldados que não estavam sob o efeito do feitiço agredem algumas pessoas.

— Pare! — exige Anshai. — Acabou tudo, Vynhai está morta, e vocês estão livres.

— Duvido que ela esteja morta, você está mentindo.

— Vá até a frente da casa e você verá — digo.

Um dos soldados volta depois de um tempo.

— É verdade, ela está estirada no chão. Está morta.

— Vocês a mataram — fala um deles.

— Não.

Eles desembainham as espadas, e, suspirando com tanta teimosia, acendo meu isqueiro e incendeio seus pés.

— Se vocês não forem embora, eu queimo vocês.

Não foi preciso dizer duas vezes para que fugissem das chamas. Anshai sorri para mim e me abraça.

— Estou feliz que esteja bem. Não sei o que eu diria para Marina.

— Falando em Marina, cadê a sua família, Anshai?

Anshai sobe em um pequeno muro e procura sua família na multidão. A melodia deveria ser cantada agora, mas não existe mais Vynhai. As pessoas saem de seus transes, a hipnose se dissolve. Várias pessoas se questionam e olham para os lados.

— Eles estão confusos e se perguntando o que estão fazendo aqui.

— Eu me faria a mesma pergunta.

— Xing! — Anshai vai ao encontro da sua mulher e da sua pequena filha.

Abraça a mulher, ergue filha no colo e as enche de beijos. A pequena chinesa ri com vergonha e dá um abraço de saudades no pai.

— Acabou tudo. A sua irmã terminou com toda essa confusão.

— Graças a Deus! — a esposa de Anshai parece aliviada. — Mas como isso aconteceu?

— Essa história pode esperar — Anshai diz e abraça a filha novamente, que sorri para ele.

Fico olhando para essa família, que está feliz depois do reencontro.

— Esse é o amigo que me ajudou em tudo: Daniel — aponta para mim.

Sorrio e aceno com as mãos para elas, que vêm para perto de mim e pronunciam palavras que não entendo.

— Elas agradecem a você.

— Ah, não foi nada — enrubesço.

Depois disso, Anshai explica para as pessoas o que lhes aconteceu. As pessoas transmitem nos olhares que se sentem perdidas e confusas.

— Vamos voltar para a sua cidade e, assim, faremos um alerta sobre tudo isso — Anshai aprova minha ideia.

Anshai chama o pássaro que estava sobrevoando nossa cabeça e dobra mais papéis, para fazer outro pássaro e levar-nos para sua casa.

— Meu Deus, de onde você tira tanto papel?

Anshai ergue a sua camiseta e me mostra um bloco de papel colado à camiseta.

— Melhor prevenir do que remediar.

— Certo.

XXXIX

CHEGAMOS À Muralha depois de um tempo voando pelo céu.

— Vamos para a sua casa — peço para Anshai. — Preciso ir até Marina e, então, encontrar meu pai.

Chegamos à casa de Anshai e a encontramos vazia.

— Marina! — chamo e não tenho nenhuma resposta. Olho para Anshai.

— Ela deve ter saído, já deve estar voltando — fala, abrindo a janela. — Ela não ia ficar três dias trancada aqui.

Sento-me no sofá e a espero. O dia passa, e acabo adormecendo. Acordo em um pulo e chamo Marina.

— Ela não voltou ainda —Lá fora, a lua cheia está brilhando intensamente, iluminando toda a vista.

— Precisamos ir atrás dela.

— Mas começaremos por onde?

— A Muralha. Ela pode ter ido nos esperar lá.

— Sim, e, quando a acharmos, iremos até seu pai.

Olho para a família dele.

— Eu já expliquei o acordo e os perigos que eu corro.

— E se ninguém mais voltar?

— Pelo menos, sei que a minha família está a salvo.

Concordo, levanto-me do sofá e vou para a porta.

— Então, vamos lá.

— Eu vou para o centro, e você, para Muralha. Nos encontramos daqui a duas horas, na frente do prédio — propõe Anshai, e concordo. Disparo em direção à Muralha.

Aonde Marina foi? Tenho uma leve sensação de que não está bem. A Muralha está fechada. O que estou fazendo aqui? Por que aqui? Algo me trouxe aqui. Uma sensação.

A Muralha, como disse Diana. Vou entrar. Ando pelo lado de fora da Muralha, tentando achar algum lugar para conseguir escalar. Na frente, há guardas e câmeras. Não posso invadir e chamar atenção. Estou a pouco tempo de encontrar meu pai.

Ando por um bom tempo e encontro uma escada de madeira que leva para cima da Muralha. Começo a subi-la, e um homem assobia para mim e gesticula com a mão. Desço, e ele começa a falar, mas eu não entendo nada. Com o indicador e o polegar, faz o gesto de dinheiro. Se eu não der nada a ele, corro o risco de que chame a polícia, entrando em mais confusões. Faço sinal de positivo e entrego o resto do dinheiro que tenho nos meus bolsos. Ele assente e me deixa subir.

A Muralha está escura. Ando por ela com o céu iluminado pelo brilho da lua e farto de estrelas. Um vento fresco sopra nas árvores, e meu cabelo se mexe sem parar. Ando sem saber por onde ir, mas não acho que seja um erro ter vindo aqui. De repente, ouço alguns passos.

— Daniel! — Marina corre em minha direção.

— Marina! — abraço-a.

Ela beija meu pescoço, olha para mim e sorri. Marina? Vejo uma faca em sua mão e a sinto entrar em minha barriga.

— Amanda! — vejo Marina desaparecer, e Amanda surge em seu lugar.

Aqui vamos nós outra vez. Cansei de levar facadas. Olho para ela e seguro minha ferida. Minha camiseta está toda furada de facadas e cortes que levei.

— Onde está Marina?

— Está segura — responde a menina. — E você nunca mais a verá.

— Qual seu problema comigo? E onde está Focus?

— Ele deve estar te procurando — responde. — E eu estou aqui para deter você.

— Me deter? Me impedir de encontrar meu pai?

— E, também, impedir que você queime mais coisas.

— Isso não tem nada a ver com você! — grito para Amanda e acendo meu isqueiro.

— Tem, sim.

— O que você tem a ver com o que eu procuro?

— Não se faça de desentendido.

Sinto a Muralha tremer. Olho para trás, e dois gigantes vêm na nossa direção com grandes tacos. Amanda se senta na beira da Muralha e pega um cigarro.

— Deixa que eu acendo pra você — jogo o fogo na direção dela, mas ela se desvia.

Olha com uma carranca para mim, e o cenário muda. Um gigante bate com o taco em minha barriga. Voo para longe e caio em uma duna. A dor me faz cuspir sangue. Fico de joelhos e me concentro na dor. Sinto meus ossos voltarem ao lugar. Estou em um deserto. Amanda sumiu, mas os dois gigantes ainda correm em minha direção.

Incendeio os dois, mas o fogo não os atrasa, e continuam em velocidade total. São bem resistentes ao fogo. Suas peles são de couro. Corro, mas não sou tão rápido como eles. Meus pés se afundam na areia, e suas grandes passadas os deixam em vantagem em relação aos meus pequenos passos. Aumento mais o fogo nos corpos dos gigantes. O cenário muda, e estamos em uma montanha de neve.

Incendeio um pouco a neve. Uma avalanche se forma. Antes de eu levar uma tacada na cabeça, a avalanche leva um dos gigantes montanha abaixo. Faço um pequeno escudo de fogo, que derrete a neve antes de eu ser soterrado. Caio em um campo escuro. Não consigo ver nada. Escuto passos pesados. Jogo fogo em todas as direções, para descobrir de onde vêm os passos.

O gigante me coloca dentro de sua boca. Antes que comece a mastigar, agarro-me à sua úvula e me incendeio o mais forte que posso. Sinto a sua pele queimar e derreter. Seu bafo é podre. Caio garganta adentro, e o fogo derrete todos os órgãos do gigante, que cai, morto, no chão. Subo por sua goela e saio da sua boca. Sinto o toque áspero das pedras da muralha. Estou de volta. Todo sujo, esfarrapado e fedorento. Abutres me atacam, e os queimo.

— Será preciso mais do que isso para me parar — falo, apontando para Amanda, que se levanta e fica à minha frente.

— Daniel! — escuto Anshai gritar atrás de Amanda. — Marina está comigo.

Vejo Marina com os pulsos vermelhos e uma mordaça em seu pescoço. Corro, pego Amanda pelo pescoço e a jogo para a frente. Marina corre em minha direção, e Amanda se levanta, sorrindo. Todos caímos em uma sala de espelhos.

XL

Anshai acabou de me resgatar. Estava amarrada à Muralha, presa, vítima de Amanda. Ela me usou para atrair Daniel e tentar matá-lo.

— Vamos encontrar Daniel. — diz Anshai.

— Ele está ali, com Amanda.

Anshai grita para Daniel, e, quando nos aproximamos, caímos em uma sala cheia de espelhos. Vejo Daniel duplicado.

Os três ficaram presos em um globo de vidro. Não consigo entrar. Sempre que bato no vidro, sou jogado para trás, como se um campo de força o rodeasse. Daniel e Marina olham, assustados, um para o outro. O que está acontecendo com esses três? Dou uma última batida no globo, que me joga no chão. De lá, observo tudo que está acontecendo.

— Marina, quem é você? — pergunto, vendo Marina duplicada à minha frente.

— Eu — falam as duas em uníssono.

— Sou eu — responde a Marina da direita.

— Sou eu — responde a da esquerda.

As duas são iguais. Aproximam-se de mim.

— Fiquem em seus lugares, até eu saber quem é quem.

As duas assentem com a cabeça.

— Daniel? — pergunto.

— Oi — respondem as duas figuras com semblante de Daniel.

— Amanda está ferrando nossa cabeça.

— Sim — concordam os dois, que se encaram, bravos. — Mas eu vejo duas Marinas — falam os dois.

— E eu vejo dois de você.

— Quem você vê sendo eu? — indago. — E quem eu vejo sendo Marina?

Aponto para o lado, e todo mundo se aponta.

Pego a faca que Anshai usou para cortar a corda. Os dois olham para mim. O Daniel verdadeiro se curará. Corro e corto a mão dos dois à minha frente. Os dois levantam a mão, e as vejo sendo curadas.

As duas Marinas correm em minha direção e cortam minha mão, que se curou rapidamente. Qual delas é a falsa? Amanda quer que eu mate a Marina errada.

Amanda quer que eu mate o Daniel errado. Vou atacar na cabeça da próxima vez. Sei que qualquer um dos dois morrerá assim.

Começo a andar em círculos e penso por um instante. Os espelhos refletem milhões de "eus" e milhares de Marinas.
— Onde te conheci?
— Em uma livraria — respondem.
Isso não vai funcionar.
— O verdadeiro controla o fogo — falo.
Um acende o fogo, e, depois, o outro. Brincam com o fogo em suas mãos. Amanda pode fazer isso facilmente. O que sei de Daniel?

Acendo meu fogo, pois as duas pediram para ver se sei controlá-lo de fato. Elas se olham, bravas. O que sei de Marina?

Daniel está vendo duas de mim. As coisas que faço e as que Daniel faz estão duplicadas, diferentes!

Marina vê as coisas que faço por outro ângulo, pois ela vê dois de mim, enquanto vejo duas dela.

— Não sei quem eu sou de verdade — confesso para os dois.

— Sabe, sim, Marina — respondem.

— Não sei quem eu sou de verdade. — as duas Marinas afirmam.

— Sabe, sim, Marina — falo. — Por que quero encontrar meu pai?

— Por que quero encontrar meu pai? — os dois perguntam.

— Você sabe — respondo.

— Você sabe — respondem.

Algo mais pessoal.

— Você me ama, Marina?

— Amo! — respondem as duas.

— Vocês acham que eu amo vocês?

— Sim.

Agora, é minha vez de tentar saber qual é o verdadeiro Daniel.

— Daniel, você me ama?

— Amo — responde um deles.

— Não — fala o verdadeiro.

Os dois se olham, e o verdadeiro sorri para o outro. Mas, antes que Amanda comece outra ilusão, Daniel a incendeia. Corro e afundo a minha faca em seu peito. Uma luz sai dos espelhos, que, um por um, quebram-se. Os cacos caem sobre nós.

— Eu odeio vocês! — Amanda exclama do chão, com as mãos na faca, sem forças para tirá-la da sua barriga.

— Você pediu isso — Marina afirma.

— Amanda — abaixo-me perto dela e pergunto. — Por que você me perseguiu?

Ela me olha fraca e sorri, mostrando seus dentes vermelhos de sangue. Sua cor está sumindo. Continua sorrindo e olha para o céu.

— Me diga — peço. — Por favor!

Volta seu olhar para mim, levanta a cabeça, cospe sangue em meu rosto, e sua cabeça se encosta no chão. O sangue espesso e quente escorre pela minha bochecha. Limpo o sangue e vejo a vida sair do seu corpo lentamente. Anshai se aproxima.

— O que estava acontecendo lá dentro? Vocês se olhavam e falavam sem parar.

— Você conseguia ver quem era quem? — pergunto.

— Sim, também vi Marina cravar a faca no peito de Amanda.

Balanço a cabeça, e Marina conta para Anshai o que houve dentro da redoma.

— Anshai... — consulto-o. — Você pode me levar ao meu pai agora?

— Sim — ele tira vários *tsurus* de sua mochila. — Só faltam três.

— Quero que você fique — digo. — Cuide da sua família, não quero tirar isso de você. Vocês acabaram de se reencontrar.

— Mas eu prometi que iria junto.

— Eu sei. Mas eu estou pedindo para você ficar. Eu vou com Marina. Sabemos nos cuidar.

Posso ver seus olhos brilhando de gratidão.

— Obrigado! Você encontrará seu pai. Espero que você encontre todas as suas respostas, Daniel.

— Irei.

Marina me abraça e sorri.

— Você nos ajudou muito. Fique e cuide da sua família — ela abraça Anshai, e os abraço em seguida.

Ele, envergonhado, desvencilha-se de nós.

— Está tudo pronto.

Seguro na mão de Marina.

— Ei! — grita alguém da Muralha.

— Policiais! — Anshai se apressa.

— Vamos logo.

Anshai pega o último *tsuru*, assopra-o para cima dos demais, que estão no chão.

— Leve os dois até o pai de Daniel — ordena Anshai.

O pássaro da mão de Anshai ganha vida e mergulha sobre os outros, que começam a voar em círculos, em volta de mim e de Marina.

— Obrigado! — agradeço Anshai. Ele pisca para mim.

Anshai some, e somos tomados por um vendaval de asas. Caímos sobre areia e ouvimos o barulho do mar.

XLI

ESTAMOS EM uma praia. A noite está fria, e o céu está cheio de nuvens. Estou caído de costas na areia. Sento-me e olho para Marina, que está ao meu lado. Ela sorri para mim com o cabelo cheio de areia.

— Chegamos. Estamos perto de encontrá-lo. — digo.

Marina se senta ao meu lado, e eu lhe dou um abraço. Ela chacoalha minha cabeça para tirar os grãos de areia.

— Marina, você sabe que eu falei brincando naquela hora, na redoma, não sabe?

— Falou, é? — Marina tira os grãos de areia do seu cabelo ruivo, e balanço a cabeça. — Eu imaginei mesmo que fosse brincadeira. Você não perde uma piadinha.

— Falando daquele jeito, você saberia que era eu. Você me conhece.

— Entendi — ela sorri para mim.

— Mas eu amo você — encaro Marina, que está se levantando. — Depois de tudo o que passamos e vivemos, é claro que sinto algo especial por você.

— Eu sei, Daniel. Eu também sinto.

— Vamos procurar meu pai — escutamos o grito de um homem que se aproxima de nós, mirando uma lanterna.

— O que vocês estão fazendo na minha propriedade? — o homem quer saber.

Minha respiração para, e sinto um gelo dentro de mim. Eu lembro dele. Aqueles cabelos loiros, que, agora, estão um pouco mais claros. Os olhos azuis perderam o brilho que eu conhecia quando eu era criança.

Não tenho muitas lembranças dos cinco anos que passamos juntos, mas eu me lembro do seu rosto e de seus detalhes. Parece que foi ontem que vi meu pai mais novo. Hoje, vejo-o mais velho e o reencontro.

— Pai — ele para, aponta a lanterna na minha direção e se espanta.

— Daniel?

— Sim — sorrio e sinto lágrimas escorrerem dos meus olhos.

Marina está sorrindo também e olha para nós dois.

— Vai lá — empurra-me, e petrifico.

Meu pai está aqui, na minha frente. Procurei tanto por ele! Nenhuma palavra vai demonstrar como estou feliz por vê-lo, meu único refúgio, o que resta da minha família, minha salvação contra tudo isso, contra esses eventos sobrenaturais que ocorrem na minha vida. Como eu sentia falta desse sorriso. Me sinto salvo novamente. Sinto a segurança em mim. Meu coração está acelerado. Meu corpo está quente. Como é bom revê-lo depois de tantos anos.

— Quanto tempo! — ele diz.

Senti sua falta na minha vida, perdi muitas coisas que poderíamos ter vivido e, agora, reencontrei-o. Meu coração palpita de felicidade. Não sinto isso há meses! Reencontrá-lo depois de tanta busca, de tantos sofrimentos... Aqui está, na minha frente. Não acredito, depois de tanto tempo... O peso das minhas costas me abandonou. Sinto-me mais leve, mais feliz de tê-lo encontrado depois de tanta procura.

— Estou tão feliz! —abro o maior dos meus sorrisos. Vou abraçá-lo e sinto o abraço que esperava.

— Vamos para dentro de casa — ele nos convida. — Vai cair uma chuva pesada.

Andamos um pouco e chegamos à sua casa, que fica na beira da praia. É a única casa na praia. Um chalé confortável e fresco, um pouco rústico, confortável.

— Só tem essa casa na praia?

— As outras estão do outro lado da ilha. — diz meu pai, sorrindo. — Queria ficar em um lugar calmo e reservado.

— Onde nós estamos?

— Na ilha do Mel — sinto que meu pai está um pouco frio e distante.

— Está tudo bem? — ele só resmunga um "sim". Seu olhar está atento.

Balanço a cabeça, e Marina fica observando o chalé.

— Sentem-se, vou preparar alguma coisa pra bebermos — sentamo-nos em um sofá grande e macio.

— Estou muito feliz — digo para Marina.

— Eu realmente imagino! —abraça-me e olha ao redor. Meu pai volta e se senta em uma poltrona de frente para o sofá.

— Deixei a água do café esquentando.

— Onde você esteve todo esse tempo? — pergunto. — Sentimos a sua falta.

— Procurei vocês, mas não sabia aonde ir.

— Estávamos em São Paulo o tempo todo. E minha mãe ainda procurou você.

— Mas não nos encontramos.

O barulho de vento aumenta, e ouvimos um estrondo vindo da praia. Meu pai se levanta e vai até a janela. Marina olha para mim e faz uma expressão de desconfiança. Desconfiada do barulho ou do meu pai?

Vamos até a janela e vemos um barco preso nas rochas. Está um tanto longe da casa do meu pai.

— Eles vão tomar uma grande chuva.

Marina sai de perto de mim, e continuo conversando com meu pai.

— Focus matou minha mãe e meus irmãos.

Meu pai se assusta e olha para mim.

— Focus?

— Sim — respondo. — Descobri que posso controlar o fogo. Minha mãe deixou uns papéis contando a história do que houve. Por isso, te procurei por esse tempo, para ver se você poderia me ajudar com essa confusão.

— Desculpa, mas eu queimei o livro que roubamos do clã. Maldição!

— Precisamos parar Focus, pai.

Seus olhos se arregalam quando ouve essas palavras saírem da minha boca. Ele fica olhando pela janela. Parece estar esperando por alguém.

— Está esperando mais alguém?

— Não — ele responde e sorri para mim.

Marina derruba algo no chão, e escutamos um espatifar de vidro no assoalho.

— Meu Deus — exclama Marina, assustada, abaixando-se e pegando a foto do porta-retrato. — Daniel.

Meu pai segura meu braço com força, e, instintivamente, desvencilho-me e vou até Marina.

— Olha isso — ela me estende uma foto.

Pego a foto e vejo meu pai sentado com uma mulher, abraçando-a, e com uma menina, que está de pé. Essa menina não me é estranha: é Amanda.

— O que é isso? — dirijo-me, surpreso, ao meu pai.

Ele engole em seco, em silêncio, e cruza os braços.

— O que é isso? — seguro a foto e aponto para Amanda.

— Depois de um tempo, senti a necessidade de construir outra família — meu pai responde, pondo as mãos no cabelo. — Essa é minha falecida esposa e minha filha, Amanda.

Filha. Bato com as mãos na estante.

— Ela tem a idade dos meus irmãos mais novos — tento conter a raiva. — Me diga a verdade.

Ele fica em silencio, observando-me.

— Eu quero a verdade. Ela tem a idade dos meus irmãos.

— Ela nasceu depois que me casei com a Lorena — esclarece meu pai.

— Eu conheci a Amanda, seu mentiroso! — grito. — Ela tinha quinze anos, a mesma idade de Helena e de Renato.

— Conheceu Amanda?

— Me responda!

Meu pai fica em silêncio, com uma expressão assustada.

— Você fugiu com outra família? — pergunto.

Marina está atrás de mim, encostada na parede.

— Eu não amava mais a sua mãe — abaixa a cabeça. — Eu a engravidei, e isso foi um erro. Quando Focus apareceu, era a minha chance de fugir com Lorena. Amanda já tinha três anos de idade.

— Você enganou a minha mãe por três anos? — grito.

A chaleira da cozinha explode. Meu pai pula, sobressaltado.

— Eu deixei dinheiro para vocês. Não deixei sua mãe na mão — justifica-se.

Que ódio desse canalha.

— Minha mãe não precisava de dinheiro. Ela queria notícias suas. Ela sofreu por sua ausência, procurou por você, chorou por você, se preocupou, e você estava com outra família. Se aproveitou desse momento e fugiu, seu canalha!

Estou com muita raiva. Encontrar meu pai depois de tudo isso e descobrir a verdade é demais para mim.

— Por que você não avisou, não mandou notícias, não telefonou, não mandou uma carta, sei lá, qualquer coisa?

— Eu não conseguiria fazer isso.

— Perdi meus amigos para vir atrás de você, matei a minha meia-irmã. Para quê? — grito o mais alto que posso e sinto meus olhos úmidos.

— Você matou a Amanda?

— Ela não queria que eu encontrasse você — explico, rindo. — Agora, eu entendi a razão disso: temos o mesmo cafajeste como pai.

— Ela te procurou então. Ela sabia sobre você e tinha medo de que você me tirasse dela. Ela me prometeu que não te incomodaria quando desenvolveu o poder da ilusão, mas ela mentiu para mim.

— Você quer cobrar verdades dela? Justo você, que criou uma teia de mentiras?

— Onde está Amanda?

— Morta! — grito bem em frente ao seu rosto. — Não acredito que matei a minha meia-irmã por sua causa.

Meu pai começa a chorar.

— Perdi minha única filha.

— E eu sou o quê? — grito com ele, que chora ainda mais. — E meus irmãos que morreram pelas mãos de Focus? O que representamos para você?

Dou murros na estante, que balança a cada soco.

— Você nos enganou — acuso-o. — Amanda faria um bem para mim se tivesse me matado. Assim, não descobriria o porco que você é.

— Eu não amava mais sua mãe e queria outra família.

— E nos abandonou, sem nenhuma notícia!

Parto para cima dele e dou um soco no seu rosto. Ele me devolve outro soco.

— Você é a minha maior decepção! — dou mais alguns socos em seu rosto. Ele chuta minha barriga e me derruba.

Marina corre até mim e me segura.

— Vamos sair dessa casa, Daniel.

— Quero matar esse desgraçado.

— Não vale a pena! — ela tenta me convencer.

Marina me puxa até a porta. Meu pai está com o nariz sangrando.

— Por que você fez isso com a gente?

Meu pai cospe sangue no chão e olha para mim. Marina me puxa para fora da casa.

— Eu desejo nunca ter te encontrado — falo. — Queria ter ficado com a ilusão de que você foi um bom pai, não essa decepção que encontrei.

— Nunca pedi para você me procurar, filho — ele declara na porta da sua casa.

— Não me chame de filho! — acendo o isqueiro.

O barulho das ondas está mais alto. As árvores balançam a cada batida do vento. Meu cabelo se bagunça com o vendaval. Meu coração pulsa de ódio.

— Por favor... — suplica para mim, e Marina tenta impedir-me de queimar a casa. — É a última coisa que eu tenho. A crise do ano passado me quebrou, não tenho mais mulher nem filhos.

Ele não dá a mínima para mim.

— Eu não me importo com você — grito, enojado.

Com minhas mãos, puxo a pequena chama do isqueiro e a lanço em direção à casa. Em pouco tempo, temos uma imensa fogueira na praia.

— Daniel — Marina me chama, triste, ao meu lado.

Meu pai está ajoelhado na frente da sua casa em chamas, chorando.

— Vamos — Marina me puxa, e olho meu pai pela última vez em minha vida. Um homem acabado e derrotado pelas consequências de atos do seu passado. A raiva dentro de mim vai se apagando lentamente.

Andamos pela praia, com o vento frio vindo do mar batendo em minha pele quente e suada. Ao longe, vemos raios correndo pelo céu, dando boas-vindas à chuva. Caio de joelhos na areia gelada e choro como nunca.

XLII

Não se pode escapar dela. Desde quando nascemos, ela nos marca com um número. Quando esse número cai em sua roleta, ela chega e nos cobre com seu manto negro. Então, deste mundo, vamos para outro, sendo levados por ela.

Marcou todos a minha volta, menos eu. Parece brincar comigo, testando a carga que aguento. Sinto seu manto deslizar sobre mim, sinto o frio à minha volta, mas não me recolho sob esse manto.

Ela furta todos os que amo, e eu fico sentindo o seu frio, o vazio em seu rastro. Parece sorrir para mim. Sinto a dor dentro do meu peito, que, como um gelo cinzento, pressiona-me e me congela. Mas, mesmo fazendo tudo isso ao meu redor, não posso desistir. Primeiramente, tenho que me acertar com Focus e pôr tudo no seu devido lugar.

Meu coração pede vingança. Não importa quantos ela encubra com sua capa negra, eu estarei de pé, até fazer o que tenho que ser feito. A morte não gosta de jogos, apenas cumpre o seu papel de carrasco e ceifadora de vidas.

XLIII

OLHO PARA Marina com tristeza e a abraço.

— Foi um erro ter vindo atrás dele. — balbucio.

— Mas você não queria encontrá-lo? — ela pega em meu rosto. — Você o encontrou e descobriu toda a verdade. Mesmo que ela doa, essa é a verdade, Daniel!

— Fiz tanto para quê? Passei por tanta coisa, para chegar aqui e descobrir isso.

— Mas é a melhor coisa que pode ter acontecido — ela tenta achar as melhores palavras. — Você descobriu tudo.

— E, agora, tenho que encarar Focus sozinho. Pensei que teria a ajuda do meu pai, e ele queimou o maldito livro — disparo. — E aquela flor, para o que me serviu? Joia maldita do fogo.

— Ela vai mostrar para que foi feita na hora certa.

Já estamos longe da casa do meu pai. O vento sopra forte, quase nos levando para longe com sua força. Franzo a testa.

Mais ao longe, está o barco que se quebrou no paredão de pedras. Ele me chama a atenção. Sinto mil olhos me observando da sua direção.

— Vamos subir aquele morro — propõe Marina, apontando o morro que está paralelo à praia, próximo de nós.
— Assim, podemos nos localizar e sair daqui.

Começamos a subir. O vento está frio e cortante. Entre trancos e barrancos, vamos nos ajudando a subir, segurando em raízes e troncos de árvores. A casa pegando fogo se tornou uma pequena fogueira daqui de cima. Marina anda em círculos, olhando para o horizonte. A chuva esperada começou a cair, e Marina aponta para a praia que fica do lado oposto ao em que estávamos.

— Daniel, o que é aquilo?

Vemos muitas pessoas correndo para o morro. A chuva forte está dificultando a minha visão.

— Não sei, não consigo ver direito — respondo, mas foco melhor o olhar e grito. — São Flams!

Pego na mão de Marina, puxo-a e descemos pelo mesmo caminho pelo qual subimos.

— Vamos — ela me segue.

Corto meu braço e machuco meus pés tentando descer, mas eles vão se recuperando. Tento ajudar Marina a descer rapidamente, sem machucar-se, mas pisamos em falso e somos jogados barranco abaixo. Marina cai em cima de mim.

— Desculpa — fala.
— Tudo bem.

Olhamos para o topo do morro e vemos vários Flams vindo em nossa direção.

— Corre! — grito para Marina.

A chuva surra meu corpo. Parece que estou levando milhões de chicotadas. Passamos a casa do meu pai, cujas chamas se apagam com a chuva. Continuamos a correr. Os Flams, cada vez mais velozes, correm atrás de nós.

— Tem um píer ali — Marina aponta o longo píer.

Corremos o mais rápido que conseguimos. Nossos pés afundam na areia molhada. Chegamos ao píer e continuamos a correr. O píer se estende por 30 metros para dentro do mar. Olhamos para a praia. Ao fundo, em cima de outro morro, está um farol desligado. Na praia, os Flams pararam, para Focus tomar a dianteira e andar no píer, em nossa direção.

Marina está ao meu lado, com o olhar assustado e cansado. Focus grita para mim.

— E agora, Daniel? — trovões ressoam no ar. — Não podemos usar nossos poderes nesta chuva, e parece que ela vai demorar a passar. Vamos resolver isso à base da força.

Olho para o céu atrás de mim, e sua escuridão domina toda a extensão da minha visão. Raios caem a todo instante, e os trovões ressoam. Tenho minha força ainda. Focus abre os braços.

— Venha!

As lembranças do dia em que ele chegou na minha vida retornam à minha mente: ele matou minha família. Lembro-me dos meus amigos morrendo para me ajudar a achar meu pai e para tentar parar Focus. Tudo volta à minha mente: Henrique, Renan, Diana, Origami, minha meia-irmã e Marina, que sempre esteve comigo. Focus ferrou a minha vida e, agora, vai pagar por isso.

Corro em sua direção. Em cada lugar em que meus pés tocam, a água evapora. Chego perto de Focus e me jogo em seu peito, derrubando-o. Ele se levanta e me dá um soco no rosto. Vou chutá-lo, mas ele segura na minha perna e a torce. Sinto uma forte dor e caio no chão. Chuta minha barriga e me encolho na posição fetal. Muitos chutes me atingem.

— Vou matá-lo! — exclama com toda a sua ira. — Você está usando algo que é meu.

— Não — falo entre gemidos de dor.

Focus segura em meu cabelo e me puxa até seu rosto.

— Tirei todos os seus amigos e não hesitarei em tirar todos que ficarem ao seu lado.

Chuto a sua barriga, e ele me devolve um soco na boca. Caio e cuspo dois dentes. Sinto o gosto de metal quente com areia em minha boca. Olho para ele, e um chute vem em meu rosto. Sinto meu nariz quebrar-se. Sangue escorre do meu rosto para a minha camiseta encharcada. Flams estão em toda a praia, olhando e esperando a sua chance.

— Você fugiu muito de mim, agora vai me pagar. — diz.

Ele me segura pela camisa e me joga no meio do píer. Focus pisa em meu peito, e sinto as minhas costelas quebrarem. Grito de dor, e ele ri.

— Você é fraco.

Encaro-o.

— O fogo é para os fortes — chuta as minhas pernas.

Seus olhos negros brilham de prazer ao ver-me sofrer.

— Levante-se! Lute como homem.

Ponho-me de joelhos e o encaro.

— Levante-se! — repete, berrando.

— Daniel! — Marina grita ao fundo. — Usa o fogo.

Focus olha para ela e solta uma gargalhada. Sinto minhas costelas voltarem ao lugar. A cada movimento, eu vomito sangue e o pouco que carrego no meu estômago.

Procuro o isqueiro em meu bolso e o seguro. Focus me chama:

— Vem! — mexe com as mãos.

Tiro o isqueiro para fora e o acendo. A chuva o apaga, e Focus gargalha.

— Você vai perder — fala, dando-me um chute na barriga. Então, afasta-se de mim.

Levanto-me de novo, acendo o isqueiro e puxo o fogo para as minhas mãos. Será inútil tentar fazer fogo com essa chuva. Focus olha para mim e para o fogo.

— Você achou a joia do fogo! — seu olhar está surpreso.

Olho para as minhas mãos, e o fogo está branco em volta da chama avermelhada. Admiro a chama. Mexo minhas mãos, e a chama não se apaga, mesmo com a chuva intensa.

Fogo branco. Focus se afasta e dá um grito para os milhares de Flams que estavam na praia. Dou alguns passos para trás, e os Flams se aglomeram e correm em minha direção. Lanço o fogo, que corre mais rápido em minhas mãos, em direção aos Flams, que queimam.

— Demais! — falo, satisfeito.

Flams estão se aproximando. Concentro-me e, com as duas mãos, solto as chamas na entrada do píer. Um maço de fogo se estende à minha frente, queimando tudo que tenta passar para o meu lado. As chamas iluminam tudo, queimam todos os Flams. A chuva evapora antes mesmo de tocar nas chamas.

Começo a diminui-las e vejo várias carcaças entendidas na praia.

— Marina! — chamo, olhando para trás.

Mantenho as chamas em minhas mãos. Corro pelo píer à sua procura. Onde ela está? Estava exatamente aqui.

— Estou aqui! — ouço Marina gritar.

Olho para os lados e não a vejo.

— Aqui! — repete, e vejo sua mão balançando fora do píer.

— O que você está fazendo pendurada aí?

— Pensei que você fosse explodir tudo! Acho que é isso que a joia te ajudaria — responde.

Apago minha chama e a ajudo a subir no píer novamente.

— Sim. Fascinante!

— Controla o fogo branco com presença da água.

— Melhor que nada, não é?

— Sim.

Desviamos das carcaças de Flams. A chuva não dá trégua.

— Temos que achar um lugar para nos escondermos dessa chuva — sugere Marina.

— Vamos na direção do farol — indico-o, e Marina me segue.

— Onde está Focus? — Marina pergunta.

— Também quero saber — respondo. — De hoje, ele não passa!

Achamos uma trilha com algumas placas de pousadas. Seguimos a trilha e continuamos em frente.

— Para onde agora? — consulto-a em uma bifurcação.

— Para o farol — Marina decide. — O caminho da direita deve chegar nele.

Começamos a seguir o caminho de pedras, que se inclinava cada vez mais. A chuva deixava as pedras lisas, e sempre tropeçávamos e escorregávamos. O farol tem, mais ou menos, 20 metros de altura, e, à esquerda, há um mirante.

— Bem bonito — digo, cobrindo os olhos da chuva. — Sem a chuva, ele deve ser ainda mais bonito.

Marina vai até o mirante e observa a praia lá embaixo. A chuva diminui um pouco. Chego e a abraço. Beijo seu pescoço, e ela olha para mim e pisca. Solto Marina e vou até a porta do farol, que está trancada. Tento abri-la com chutes.

— Daniel! — Marina me chama. Olho para ela e vejo que mãos cinzas a puxam para dentro do matagal.

Corro na direção para a qual Marina foi levada, acendo meu isqueiro e puxo o fogo para minhas mãos. Vejo um grande animal cinzento correndo com Marina em suas garras. Um aglomerado de mãos cinzentas a seguram e a carregam para longe. São Flams, juntos, levando-a morro abaixo. Pulo o mirante, corro e deslizo atrás dela.

— Marina!

A chuva começa a cair forte novamente.

Eles correm muito rapidamente e entram em um morro. Chego lá e vejo um grande túnel afundar na terra. Não penso duas vezes e entro no túnel.

XLIV

Perdido entre as paredes de concreto, com o ar rarefeito deixando-me tonto e cansado, não consigo encontrar Marina, que é a última ligação minha com o mundo. Focus matou minha família e meus amigos.

Não posso acender as minhas chamas, pois elas vão consumir o ar que estou respirando. Preciso encontrar Marina logo!

O túnel é escuro e gelado. Estou me afastando demais da entrada. O barulho do mar já ficou para trás, e não escuto mais a chuva lá fora. Para onde esse túnel me levará? Minha cabeça está girando. Estou tonto.

— Marina! — grito.

Estou sufocando. Minha respiração está rápida demais. Meus pés estão formigando. Abaixo-me e tento respirar mais lentamente. Inspiro e expiro várias vezes, até sentir-me um pouco melhor. Ouço algumas vozes, mas não sei de onde elas vêm. Preciso encontrar Marina. Lágrimas de desespero brotam em meus olhos.

Levanto-me, e uma tontura me atinge. Respiro mais rápido e me equilibro, segurando na parede. Disparo pelo túnel escuro. Perdi a noção do tempo. Podem ter passado meia hora, uma hora, duas... Não sei. Meus pulmões ardem, e corro o mais rapidamente que posso. Começo a ficar zonzo.

Encontro uma bifurcação, entro pela direita; encontro outra e sigo sempre pela direita, até que encontro uma sala oval. Entro e vejo, sem muita nitidez, a sombra de um corpo estendido em um dos cantos. Marina.

Vou até seu corpo e me ajoelho ao seu lado. O chão está frio e me sinto fraco. Seguro-a e abraço seu corpo gelado.

— Marina! — chamo seu nome. — Marina, fale comigo, por favor.

Silêncio.

— Por favor, Marina! — começo a chorar, uma dor me atinge no peito. — Marina, por favor.

Grito.

— Marina!

Abraço-a e grito seu nome inúmeras vezes. Os meus olhos não querem ver, eu não posso entender, não vou conseguir ser feliz sem ela. Eu daria tantas coisas lindas para ela. Marina é fundamental para mim. A única peça que se encaixava comigo.

Abro seus olhos com meus dedos, mas ela não acorda. Dou um tapa no seu rosto e a chamo novamente. Nada. Não!

Marina está morta. Ouço alguns barulhos. Flams estão saindo das bifurcações das paredes. Sinto que riem de mim. Focus conseguiu destruir toda a minha vida.

A sala se enche de Flams. Eles me encaram com os seus grandes olhos.

— O fogo não é para os fracos, Daniel — surge a voz de Focus, tão calma, que me enoja. — Você acha que pode usar o dom do fogo que sua mãe roubou de mim sem qualquer custo? Ela sabia que eu viria atrás da aura, custasse o que custar. Mas esconder em uma criança de cinco anos é muita idiotice. Ela achou que eu não perceberia? Que você não descobriria? Que eu não mataria qualquer um para ter o meu dom de volta?

Abraço Marina e encosto minha cabeça na dela.

— Fiquei sem uma grande parte da aura, que, curiosamente, partiu-se. Mas, agora, terei ela de novo. — Focus fala calmamente, ciente de que venceu a batalha, e se coloca no centro da sala.

— Você é um egoísta! Você devia aprender com seus erros e suas loucuras, mas é idiota o suficiente para não enxergar nada além do mundo que você quer criar das chamas e dessas criaturas deformadas — grito em vão.

— Sou mais forte que você, aceite! Você perdeu, vai morrer. Já perdeu todos em sua vida. Não te resta mais nada aqui, além de desistir.

Um ódio preenche meu peito. Posso não ter mais nada, mas ainda tenho uma chama de vingança viva em meu coração. Não será como perdedor que morrerei.

— Tirei sua mãe de você. Seu pai é a sua maior decepção. Matei seus amigos. Destruí sua casa. Matei sua namoradinha, e você não tem mais para onde ir, pois não resta mais nada para você lá fora.

Meu coração se aperta, e a ira me atinge. Marina morreu, meus melhores amigos, também. Tudo o que ele disse é verdade. Não me resta mais nada.

— Estenda a sua mão para mim, Daniel, que eu te entrego para a morte.

Tudo o que eu fiz foi em vão, tudo o que eu fiz foi perder.

— Você perdeu tudo.

Levanto-me e grito. Meu corpo começa a queimar, e chamas, subitamente, nascem do meu corpo. Focus olha espantado para mim e ri.

— Por que insiste em lutar, Daniel? Você morrerá!

Meu corpo começa a flutuar na sala. Estou dentro de uma espiral de fogo. Chamas vermelhas e brancas saem do meu corpo e preenchem a sala. A ira domina meu corpo.

Focus tenta manter-se em pé, com uma das mãos no chão e os pés fixos. Flams começam a morrer queimados, e eu já não consigo controlar o fogo. A cada vez em que tento movê-lo ou pará-lo, ele ganha força e velocidade. O fogo tem vida própria, é incontrolável. É a materialização da minha ira.

Os cabelos de Focus estão pegando fogo. Olho para os meus braços, que estão ficando em carne viva. O seu poder de cura não está conseguindo sanar as queimaduras. Sempre que minha pele está se curando, o fogo a derrete, incontrolável e destruidor.

As paredes estão rangendo. Focus está gritando de dor e começa a derreter. Metade do seu corpo está perdida. Labaredas correm ao meu lado rapidamente, subindo e descendo, preenchendo tudo. Não consigo mais dominar o meu corpo nem as chamas. Uma luz começa a eclodir do meu peito, e a última coisa que sinto é a luz intensificando-se e saindo do meu peito.

Posfácio

9 DE DEZEMBRO DE 2009.

Na terça-feira 9 de dezembro, houve uma explosão de grande magnitude na ponta oeste da ilha do Mel, no Paraná. Grande parte da Ilha foi destruída, e a explosão resultou em cerca de 1.105km² destruídos, incluindo várias ilhas ao seu redor, a Baía de Paranaguá e o porto. Mais de 130 mil pessoas morreram, além de uma grande quantidade de mamíferos. Mais de setenta por cento dos navios de carga afundaram, e mais de dois mil veículos foram destruídos. Incontáveis toneladas de grãos e de congelados foram perdidas no porto. A distribuição de energia foi tão intensa, que a água do mar foi deslocada para muito longe, o que resultou na inundação de várias cidades. A possível causa da explosão é uma bomba atômica acionada em um túnel que circundava a ilha. Ninguém tinha conhecimento desse túnel até o acontecimento desta grande catástrofe.

O mais estranho nisso tudo é que, a duzentos metros do seu epicentro, um corpo foi encontrado na praia, intacto e com vida.

Para saber mais sobre os títulos e autores da
SKULL E DI TORA , visite nosso site
WWW. SKULLEDITORA .COM.BR
e curta as nossas redes sociais.

FB.COM/EDITORASKUL

@SKULLEDITORA

SKULLEDITORA@GMAIL.COM

ADQUIRA NOSSOS LIVROS:
WWW.LOJAEDITORASKULL.COM.BR

ENVIE SEU ORIGINAL PARA:
ORIGINAIS.EDITORASKULL˜GMAIL.COM